倉阪鬼一郎

JN244813

怖い短歌

GS
幻冬舎新書
526

まえがき

テーマアンソロジー『怖い短歌』をお届けします。

第一弾の『怖い俳句』のまえがきに、筆者はこう記しました。

俳句は世界最短の詩です。

と同時に、世界最恐の文芸形式でもあります。文芸のなかのさまざまな形式が「どれがいちばん怖いか」という戦いを行ったとしましょう。最後に勝利を収めるのは、おそらく俳句でしょう。

では、その俳句に負けた『怖い短歌』を編むのか、という声が聞こえてまいりますが、ちょっと待ってください。

たしかに、瞬間勝負の怖さ、思わずぞくっとする感じでは、短歌は俳句にかなわないかもしれません。しかし、俳句より言葉数が多くてより構築的な短歌ならではの怖さというものもまた、如実にあるはずです。

本書では、そういった多彩な「怖い短歌」を集成しました。まずひたすら歌集を読み、「怖い短歌」を集めるところからアンソロジーづくりを始めました。

次に、集まってきた短歌を概観し、次の九つの章に分類しました。

1　怖ろしい風景
2　猟奇歌とその系譜
3　向こうから来るもの
4　死の影
5　内なる反逆者
6　負の情念
7　変容する世界
8　奇想の恐怖
9　日常に潜むもの

た。どの章に分類すべきか悩ましい作品が多々ありましたが、通読後にその章番号を拾いながらテーマ別に再読できるようにしてみたのです。

　例えば、表題歌が3に分類される歌人Aさんの項目があったとします。Aさんは3に分類される表題歌のみならず、5と7に分類される「怖い短歌」も詠んでいました。その場合は、〈短歌　5〉〈短歌　7〉というふうに引用歌の末尾に章番号を付しました。こうしておけば、「7　変容する世界」に属する作品だけ読みたい場合、末尾に7が付された歌を拾って再読することができるわけです。

　収録歌人については、『猟奇歌』の夢野久作をはじめとして、重きを置くべき歌人には多めのページを割り当てました。逆に、歌人としての知名度は高くても、このテーマでは影が薄い作者は登場していません。そのため、従来の短歌史に照らせばかなりいびつな構成になっています。

　むろんアンソロジーですから、アンソロジストたる私の主観に照らして「怖い」と感じた短歌を採っています。さりながら、「これが短歌の怖さだ」というイデオロギッシュな鏡のようなものに照らして選歌をしたつもりはありません。短歌の怖さとはいかなるものか、選歌と吟味をしながらいろいろと考えつつ、数々の短歌作品から教えられながら少しずつ執筆を進めていきました。その作業が、捉えがたい短歌さらには恐怖の本質めいたものにいささかなりとも近づいていれば、これにまさる喜びはありません。

さて、本書は「怖い短歌」という特殊なテーマに基づいて選出したアンソロジーという一つの「作品」です。引用した諸歌は、例外なく多面体である歌人が生んだ膨大な作品のなかの一首もしくは数首にすぎません。本書の末尾には引用文献をすべて示してあります。興味を引かれた歌人がいれば、ぜひとも原典に触れ、「怖い短歌」とはべつの顔に触れていただきたいと存じます。

引用にあたっては、新書という媒体を考慮し、難読の言葉に必要最低限のルビを追加しました。また、原典の漢字の旧字体は新字体で統一、「ゝ」や「ゞ」などの繰り返し記号は仮名に開いたことをお断りしておきます。

では、「怖さ」という見えない塔の周りをぐるぐると逍遥《しょうよう》するかのような書物ですが、扉を開けて一緒に旅へ出かけましょう。

怖い短歌／目次

第2章　猟奇歌とその系譜　33

第3章　向こうから来るもの　47

第6章　負の情念

第1章
怖ろしい風景

まずは、風景です。
怖ろしい風景や光景、もしくは情景を詠んだ歌を集めてみました。
冥《くら》い美術館の趣の章です。一枚ずつ、じっくりとご覧ください。

大浪に引かれ出でたる心地して助け舟なき沖に揺らるる

西行《さいぎょう》（一一一八〜一一九〇）

世の無常を大浪に翻弄される小舟にたとえた西行法師らしい歌ですが、実際の光景を想像すると怖ろしくなります。

ただでさえ心細い小舟が波にさらわれ、揺られているうちにいつのまにか沖へ出てしまいました。助けてくれそうな船は一隻も見当たりません。周りはいちめんの荒れた海です。夢に出てきたらうなされそうな怖いシチュエーションです。

〈なき跡を誰と知らねど鳥部山おのおのすごき塚の夕暮　1〉

鳥部山《とりべやま》は京の埋葬地、塚がずらりと並ぶ夕暮れは、とりわけ凄愴《せいそう》の気が漂います。

〈月を見ていづれの年の秋までかこの世にわれが契りあるらん　4〉

無常観に裏打ちされた西行の歌には、ときおり死の影が色濃く漂います。月をしみじみと見ながら、何年先の秋までこの世にいられるだろうと思いにふける。その感情は、長い時を閲《けみ》して、現代人の心にもたしかに響いてきます。

森深き神の社の古簾すげきにとまる風の落葉は

上田秋成《うえだあきなり》（一七三四〜一八〇九）

『雨月物語』の作者による、たしかな技巧が効いた一首です。視点は徐々に絞られていきます。まずは深い森、その奥に抱かれるように神社が建っています。

神社の古い簾《すだれ》の向こうには、ご神体が鎮座しているのでしょう。ただし、その姿を見ることはできません。

「すげき」とは隙間のこと。風に吹き流されてきた一枚の落葉に焦点が絞られ、的に矢が当たるかのように世界は定まります。落葉がそこに在《あ》ることも、さだかならぬ神の意思のように感じられてきます。

〈ねざむれば比良《ひら》の高峯に月落て残る夜くらし志賀の海づら　1〉

「一幅の銅版画のやうに、冷え冷えと描き出した」とは塚本邦雄の評です。こちらも凄《すご》みのある寒色の風景ですが、逆に視界がゆっくりと広がっていきます。

立つと見る家のただちに焼亡《しょうもう》す火の泉より火のほとばしり

与謝野晶子《よさのあきこ》（一八七八〜一九四二）

関東大震災の光景を詠んだ歌です。この震災で作者は貴重な原稿を焼失する痛手を負いました。

たしかに建っていた家がたちまち焼け崩れていくさまが、的確に活写されています。火の泉から、水ならぬ火がほとばしっていきます。怖ろしくも美しい光景は迫真の臨場感を生んでいます。

〈五月雨春が堕ちたる幽暗の世界のさまに降りつづきけり　1〉

こちらは静謐《せいひつ》な風景ですが、「春が堕ちたる幽暗の世界」とは言い得て妙で、異常な「世界没落感覚」もそこはかとなく感じられます。

〈人形は目あきてあれど病める子はたゆげに眠る白き病室　1〉

さらに静かな一幕です。病める子と人形がいつのまにか入れ替わり、後者の瞳がかすかに動くかのような錯覚にとらわれます。

めん鶏ら砂あび居たれひつそりと剃刀研人《かみそりとぎ》は過ぎ行きにけり

斎藤茂吉《さいとうもきち》
（一八八二〜一九五三）

モノクロの無声映画の一シーンを観ているかのようです。

同じような感触の句に、芝不器男《しばふきお》の「永き日のにはとり柵を越えにけり」があります。そちらのにわとりは永遠の一瞬とも言うべき法悦の衣をまとっていますが、こちらはいたって不吉です。

剃刀研人が通り過ぎたあとに、砂場が映し出されます。モノクロ映画ですが、そこだけ色のついたものが映し出されます。

首を切られた鶏の血です。

しかし、ばっと画面に赤い血が飛び散ったのは一瞬だけで、すぐさま日常の光景に戻ります。剃刀研人は何事もなかったかのように立ち去っていきます。

「地獄」連作なども含む『赤光』の集中、恐怖度では群を抜く作品です。志賀直哉の緊張感に満ちた短篇「剃刀」も想起される、極めつきの怖い短歌です。

立雲の怪《け》しくかがやく日のさなか蟷螂が番《つが》ひ雌は雄を啖《くら》ふ

北原白秋《きたはらはくしゅう》（一八八五～一九四二）

広がりのある光景が徐々に絞られていき、かまきりの雌が雄を食う凄惨な場面が最後にクローズアップされます。大詩人らしい的確な背景の描写があるからこそ、怖い場面がさらに引き立ちます。

〈太葱の一茎ごとに蜻蛉ゐてなにか恐るるあかき夕暮　1〉

ヒチコック監督の「鳥」を想起する方もいるでしょう。何がなしに不穏で不気味な光景です。

〈大鴉一羽渚に黙《もだ》ふかしうしろにうごく漣《さざなみ》の列　1〉

前景の真っ黒な大鴉の存在感が圧倒的です。崇高美《サブライム》な絵画になりそうな構図の一首です。

〈池水に病ふ緋鯉の死ぬときは音立てて跳ねてただち息停《いきと》む　4〉

戦慄の死の瞬間が活写されています。緋鯉《ひごい》ゆえに、その一瞬はさらに鮮やかです。

川中の腐爛死体に荒縄をかけをり岸に引き上げむとて

竹山広《たけやまひろし》（一九二〇～二〇一〇）

原爆の怖ろしさを伝える写真や絵画などはたくさんありますが、竹山広の短歌もその歴史遺産の一つに数えられるでしょう。

長崎で被爆した作者は、十年以上の時を経て原爆短歌を発表するようになりました。当時の惨状を詠めるようになるためには、ある程度の時間の経過が必要だったのです。こうして詠まれた生々しい惨状はいまなおリアルです。

〈夜に入りてなほ亡骸《なきがら》を焼くほのほ遁れしものを呪ふごとくに 1〉

この炎はいまも燃えているかのように胸に迫ります。作者は奇跡的に軽症で済みましたが、近親者を目の前で亡くしています。そういった間一髪で助かった者を責めるがごとくに業火が燃えているのです。

〈おそろしきことぞと思ほゆ原爆ののちなほわれに戦意ありにき 5〉

原爆以外にも多彩な短歌を遺した作者の美質は、内に目を向けたこの一首にも顕著です。

ゆふぐれに怖れはありき燈《ひ》の駅の乱れむとして高く在りにき
山中智恵子《やまなかちえこ》
（一九二五～二〇〇六）

短歌界の巫女《みこ》と呼ばれ、異様な迫力のある歌を多く遺した作者にしては、いたって平明な詠みぶりです。

夕暮れの高架駅に灯りがともっています。見慣れた風景ですが、いつか天変地異が襲えば、その灯りはにわかに乱れてしまうでしょう。ふと兆した怖れが妙にリアルな歌です。

では、本来の持ち味の「怖い短歌」を見てみましょう。

〈水の手をさかのぼる千千に昏き枝、さはれ無明鬼とよびて年は経つ　3〉

〈水めぐる無明　無名鬼・点燈鬼、筆折らざればわが心殺《と》る　3〉

いささか難解ではありますが、不可視のものを視る迫力にはしばしば圧倒されます。

〈夢のなか人を殺さむたのしみの遠くなりつつ老いむとすらむ　6〉

老境になってようやくこの境地に至ったのですから、若き日の巫女ぶりが察せられるでしょう。

限りなく死は続くべしひとつづつ頭蓋を支へ階くだる人ら

島田《しまだ》修二《しゅうじ》（一九二八〜二〇〇四）

ごくありふれた風景も、優れた歌人のまなざしのフィルターを通せば、なんとも不気味な光景に変容します。

駅の階段などを人々が次々に下っています。ふと気づくと、だれもが必ず一つずつ頭蓋を支えています。その一人ずつに間違いなく死は訪れます。こうして限りなく死は続いていくのです。

〈みたきものあまたあれどもなかんづくタヒチの没陽、宇宙の暗黒 1〉

こちらは印象深い遠くの光景です。タヒチの真っ赤な落陽と宇宙の暗黒の対比が鮮烈な余韻を残します。

〈核爆発一瞬あらばやすけしと橋上に思ひき遠からぬ日に 7〉

核爆発による終末を怖れる気持ちと、ひそかにそれを待ち望む思い。それは橋の両詰と同じように表裏一体なのかもしれません。

コインロッカーの長方体に区切られし扉の背後の闇、闇、闇

小《お》川《がわ》太《た》郎《ろう》
（一九四二〜二〇〇一）

意識しないと見えてこない風景があります。駅などのコインロッカーも、必要に迫られなければ見えないものでしょう。その長方体に区切られた扉の背後の闇は、たしかにこの世界に存在しているのに、普段は人の意識にはまったく立ち現れてこないものです。その闇の中では、人知れず何かが蠢《うごめ》いているかもしれません。

〈夜《よ》の壁の冬帽のなかわれの頭《ず》のかたちせる闇そこすでに死後　4〉

ここでもまた、作者の目は見えている形の裏にある闇をとらえています。『路地裏の怪人』という魅力的な名前の歌集を持つ作者のオブセッションなのかもしれません。帽子の中の闇。持ち主の首がないその部分はすでに死後だという救いのない認識が秀逸です。

〈この路地にも幾世代かがありまして、街はいずこも誰かの死後の街　1〉

この歌では区切られた闇は登場しませんが、世界そのものが作者の暗いまなざしによって区切られています。

目の前の死のストレスが肉質にかかはる豚はやさしく押さる

池田《いけだ》はるみ
（一九四八〜）

実に救いのない光景です。

豚を殺す手が荒々しくて悪意がこもっていれば、まだ救われるような気がします。食肉業者は職業意識に忠実に、おいしい肉を届けるために豚を死に向かってやさしく押します。そのシステムはわれわれの食卓にまで確実に届いているのです。

〈土手長くさくらが満ちてうねりたり瞬時幻影遊女の処刑　1〉

梶井基次郎が幻視したように、桜の樹の下には、やはり屍体が埋まっているのかもしれません。

〈この部屋にたまごが来をり自らを卵といひて卵が来をり　3〉

向こうから来るものではありますが、奇想の恐怖に含めてもいいかもしれません。相撲の著作もある引き出しの多い作者ならではと言いましょうか、なんとも不思議な歌です。卵にそう名乗られても当惑しそうです。

すさまじき夕焼けの中にんげんが血塗られて砂を歩みゆくなり

三井修《みついおさむ》
（一九四八〜）

ただならぬ怖ろしい風景ですが、これは実景に近いものが詠まれています。作者は長く中東に赴任していた歌人です。日本とは違うすさまじい夕焼けと砂漠。そのなかを歩む人々は、みな血塗られているように見えるのです。

〈チーズフォンデュー鍋にふつふつ煮え立ちて外は異変の如き夕映え　1〉

この歌でも、ただならぬ赤さの夕映えが詠まれています。内戦の続く世界を彷彿《ほうふつ》させる内なるチーズフォンデュー鍋との対比が、より効果を挙げています。

〈新緑のけやき広場の椅子に寄る死者たちに誰も気付かぬ真昼　3〉

一転して静謐な世界ですが、世界は人知れず死者たちによって侵犯されています。

〈死にに来たのではないのになぜかくも他界の如き朝の沼の辺　1〉

朝の風景も時として怖ろしく変容します。こんなときに魅入られたかのように沼に入っていってしまうのかもしれません。

ゆふぐれの神社は怖しかさぶたのごとくに絵馬の願ひ事あふれ

栗木《くりき》京子《きようこ》
（一九五四〜）

神社の絵馬は明るい希望をこめたものというイメージがありますが、なるほど、かさぶたのごとくにあふれているというとらえ方をすると、にわかに怖ろしい光景に変容します。かさぶたの下には無数の傷があり、それを覆い隠すために人は神社に絵馬を奉納するのかもしれません。

〈友の死を話題にしつついつになく生き生きと我ら菓子など食べぬ　6〉

人の不幸は蜜の味と言います。自分を含む者たちが共通の友人の死を話題にしながら、いつになく生き生きと菓子を食べているさまを、作者はここでもたしかなまなざしでとらえています。

〈夕ぐれの風やはらかし川の魔物と陸《をか》の魔物の出会ふ頃ほひ　3〉

いかに風がやわらかくても、夕ぐれは逢魔が時、決して油断はなりません。ひそかに魔物たちが出会い、良からぬ企みを始めているかもしれないのです。

盛り塩のやうに置かれるスマフォかなひとりひとりのスターバックス

大松達知《おおまつたつはる》
（一九七〇〜）

ごく平凡な光景も、ある視方《みかた》のフィルターを通せば、不気味な色彩を帯びてきます。筆者も折にふれてスターバックスの一人席で仕事をしますが、なるほど、それぞれの席に置かれているスマートフォンは浄めの盛り塩のようです。では、その盛り塩はいったい何を浄めているのでしょう。

〈「戻る」ボタン押して戻れり前世《ぜんせい》に、否、五秒ほど前のむかしに　7〉

ＰＣ機器の「戻る」のボタンを押せば、五秒ほど前のむかしに戻ります。しかし、不可知の前世もその過去へと向かうベクトルの延長線上にあります。何かの拍子にうっかり前世の光景が映ってしまいそうです。

〈あぢさゐが怖いと思ふこの朝はいつもよりすこしゆつくり歩く　1〉

姉妹篇の『怖い俳句』に〈あぢさゐに死顔ひとつまぎれをり　酒井破天《さかいはてん》〉を採りましたが、中心がどこか分からない紫陽花は視方によっては怖ろしい花です。

自爆テロのニュース見ながら「きゅうきゅうしゃ」「ばす」と画面を指さす子ども

尼崎武《あまがさきたけし》（一九七九〜）

残酷で痛ましい光景です。

邪気のない子供の声と対比されているがゆえに、なおさらその救いのなさが伝わってきます。優れて現代的な「怖い短歌」です。

〈バファリンは薬の名前　バファリンと呼んでも誰も返事をしない　5〉

返事があったような気がしたら、もはや警戒領域を越えています。それはただの頭痛ではないかもしれません。

〈飛び降りるためにのぼった屋上で見たのと同じくらい青空　1〉

自殺者の目に映じた青空は、ことによるとたとえようもないほど美しいのかもしれません。その引きこまれそうな誘惑に負けてはいけません。

〈悪い夢ばかり毎晩見続けるみたいに今日も会社には行く　9〉

たとえ悪い夢のようなものでも、同じ道を歩むのが何よりです。

倒れゆく背中背中の雨粒が蒸気に変わる　たましいひとつ

白井《しらい》健康《たつやす》
（?〜）

作者は獣医師で、宮崎県で牛の口蹄疫が発生したとき、静岡から現地に派遣されて防疫活動に当たりました。疫病に侵された牛は殺処分にしなければなりません。大量の牛にしかるべき処置を施した体験から、表題作を含む連作「たましいひとつ」が生まれました。注射を打たれて倒れてゆく牛はまだ体温を保っています。その背中の雨粒が蒸気に変わり、まるで牛のたましいのように天に立ちのぼっていきます。怖ろしさのなかに荘厳さすら感じさせる一首です。

〈死はいつもどこかに漂う気のようなたとえば今朝のコーヒーの湯気　4〉

異様な場から日常へ戻っても、牛の背中から立ちのぼったものの残像めいたものが漂います。

〈スクランブル交差点へ足を踏み入れる処刑宣告受けたぼくらが　1〉

この作品では、牛の群れと都会の人間たちが不意にオーバーラップするかのようです。

第2章　猟奇歌とその系譜

『怖い短歌』の一大巨峰とも言うべき存在が夢野久作の『猟奇歌』です。

この章では、グロテスクな想像力を極限にまで発揮した暗黒山脈の精華と、それにつらなる作品を追ってみました。

どんよりと
くもれる空を見てゐしに
人を殺したくなりにけるかな

石川啄木《いしかわたくぼく》（一八八六〜一九一二）

夢野久作『猟奇歌』の前史としてまず採り上げなければならないのは、意外にも石川啄木です。

同じ三行書きであることからも分かるように、久作は啄木から強い影響を受けていますが、それは形式だけにとどまりません。異常心理と紙一重のどす黒い感情も、啄木から久作へと太い系譜の線を引くことができるのです。

とくにこの歌は、久作の次の歌にパワーアップして継承されています。

誰か一人
殺してみたいと思ふ時
君一人かい…………
……………と友達が来る　2

啄木が抱いていたぼんやりとした殺意は、久作の作品では致命的な一線を越えてしまいます。

啄木のほかの「怖い短歌」を見てみましょう。

国民歌人として多くの歌が愛誦《あいしょう》されている啄木ですが、負の感情が露骨に表れた次のような歌も詠んでいます。

一度でも我に頭を下げさせし
人みな死ねと
いのりてしこと　6

なかなかに邪悪です。

一度でも自分に頭を下げさせた者はすべて死ねと祈っているのですから。

次の歌などは、さらにエスカレートしています。

愛犬の耳斬りてみぬ
あはれこれも
物に倦みたる心にかあらむ　2

そんなことをしたのは退屈のせいだったのだろうか、などと平然とうそぶいていますが、いまなら明らかに犯罪です。

死にたくてならぬ時あり
はばかりに人目を避けて
怖き顔する　5

あまり見たくない、国民歌人のもう一つの危ない顔かもしれません。

腸詰に長い髪毛が交つてゐた
ジツト考へて
喰つてしまつた

夢野久作《ゆめのきゆうさく》
（一八八九〜一九三六）

日本三大奇書の一つ『ドグラ・マグラ』の作者ですが、「怖い短歌」でも一大暗黒山脈のごとき仕事を遺しました。それが本章のハイライトたる『猟奇歌』です。

まずはひどく悪趣味な表題歌から見てまいりましょう。

腸詰に一本だけ長い髪の毛が交じっていました。牛や豚などの普通の肉を使っていたとすれば、長い髪の毛など生えているはずがありません。

となれば、答えは一つ。人肉を材料としたのです（生産ラインで混入したという無粋な解釈をする人はいないでしょう）。

ここまでは悪趣味な人肉嗜食《ししょく》の歌ですが、真骨頂はここからです。

じっと考えたのですから、短歌の主体は「腸詰の材料が人肉である」と明確に認識したはずです。にもかかわらず、確信犯的欲求に基づいてそれを食ってしまいました。この「ジツト考へて」という間があるからこそ、なおさら気色悪さが募るのです。人肉嗜食と異常心理が見事に融合した傑作と言えるでしょう。

独り言を思はず云つて
ハツとして
気味のわるさに
又一つ云ふ　6

これも腸詰の髪の毛と構造は似ています。独り言を思わず言ってはっとした瞬間に我に返り、道を引き返せばべつに何事もないはずですが、気味が悪いのを承知でもう一つ言ってしまったらもういけません。あとは精神の崩壊に向かって突き進むばかりです。一線を越えてしまう何とも言えない嫌な感じがたまらない歌です。

頭の中でピチンと何か割れた音
イヒヒヒヒヒ

……と……俺が笑ふ声　5

ここにも境界線が登場します。正気と狂気の境目になるのは、頭の中で何かが割れたような「ピチン」という音です。不気味な哄笑《こうしょう》の前ぶれとなるその響きが妙にリアルで、そのうち本当に頭の中で響いてしまいそうです。

ピストルが俺の眉間を睨みつけて
ズドンと云つた
アハハのハツハ　5

『猟奇歌』には人殺し願望や犯罪者願望ばかりでなく自殺願望の歌も散見されます。〈自殺しようか／どうしようかと思ひつつ／タツタ一人で玉を撞いてゐる　6〉という緊張感のある歌もありますが、これは自殺を題材にした短歌のなかで最もあっけらかんとした作品かもしれません。

ここでも侵犯されるある一線が登場します。ピストルが眉間のほうを向いてしまったらもういけません。あとはカタストロフを待つばかりです。

致死量の睡眠薬を
看護婦が二つに分けて
キヤツキヤヤと笑ふ　6

もう一首、あっけらかんとしていて怖い短歌を。「これだけあれば死ぬわね」「そうね、キャッキャ」と二人の看護婦が睡眠薬を分けながら楽しそうに笑っています。邪気のない殺人者ほど怖ろしいものはありません。

闇の中を誰か
此方を向いて来る
近づいてみると
血ダラケの俺……　3

恐怖度に絞れば、この歌が最右翼かもしれません。

自己像を幻視すると死に至ると言われますが、闇の中から近づいてきたもう一人の自分はすでに血だらけです。その憑《つ》かれた目や、恐怖に歪んだ顔を見てしまったらもういけません。

脳髄が二つ在つたらばと思ふ
考へてはならぬ
事を考へるため　8

もう一つの脳髄を使って考えてはならないことを考えようとし、異色の作品を遺したのが夢野久作です。

その代表作の大伽藍《だいがらん》『ドグラ・マグラ』に比べると、『猟奇歌』の構えは格段に小さいですが、小さな間ばかりの館からはいまなお強烈な怪しい光が放たれています。

肉吊りの鉤《かぎ》に密かに血はしみて行方不明のひとり帰らず

春日井《かすがい》建《けん》
（一九三八〜二〇〇四）

夢野久作のあとに採り上げるとはけしからん、とお弟子さんや愛読者から文句を言われそうですが、短歌史に残るみずみずしい歌集『未青年』ならいざ知らず、第二歌集『行け帰ることなく』にはまぎれもない猟奇歌が含まれています。

その代表作が表題歌。行方不明になった一人の人間が、いったいどのような悲惨な運命をたどったか、もはや説明するまでもないでしょう。

〈吊られゐる黄の肉塊がしんしんと静もりゐたり人肉供物　2〉

こちらは人肉そのものが描写された一首。絵を思い浮かべてみるのも一興でしょう。

〈凶行の愉しみ知らねばむなしからむ死して金棺に横たはるとも　2〉

同じ猟奇歌でも、第一歌集との架け橋とも言える美しい調べの作品です。

〈火祭りの輪を抜けきたる青年は霊を吐きしか死顔をもてり　4〉

その第一歌集『未青年』からは、長く心に残る極めつきの傑作を挙げておきます。

少年の肝喰ふ村は春の日に息づきて人ら睦まじきかな

辺見《へんみ》じゅん
（一九三九〜二〇一一）

家族や風土を詠むことが多かった歌人が描いた、土俗の闇の世界です。

いや、闇どころか、作品に描かれているのは光あふれる春の日の光景で、人々は睦まじく暮らしています。

さりながら、ひと皮剝くと、猟奇の食卓が浮かび上がります。口減らしのためでしょうか、殺《あや》められてバラバラにされた少年の肝がいい按配に煮えています。村人たちはここでも睦まじく語らいながらおぞましいものを食すのでしょう。

〈鳥魂の死者のぼりけり歌谷に雪まだ熄《や》まぬ寂けさのなか　3〉

口直しに、思わず粛然とするような美しい光景を。舞うのは死者の魂を宿した鳥です。

〈ものの怪の千手伸びくる年の夜半みなかみとほく雪つもるらし　3〉

妖異を歌った雪の短歌をもう一首。「歌谷」と同じく本歌の「みなかみ」もゆるぎない美しさです。

すもも剝きひとり食みをり雲南のあたりカニバリズムはあらぬか
黒木《くろき》三千代《みちよ》
（一九四二〜）

カニバリズムとは人肉嗜食のこと。すももの皮を剝いて食べるという日常の行為に、人の皮を剝いて肉を食すおぞましい場面が重なります。雲南省はミャンマーなどと国境を接する中国の高地で、かつてはさまざまな民族が跋扈《ばっこ》していました。遠近法がうまく働いている一首です。

〈塩をもて奴隷購ふ　世界史に残虐は美のごとくきらめき　2〉

塩で買われた奴隷たちも、まっとうな末路は迎えなかったことでしょう。「残虐」の内実が語られないだけに、かえって想像が深まります。

世界に対する作者のまなざしは、過去ばかりでなく現在にも向かいます。

〈侵攻はレイプに似つつ八月の涸谷《ワジ》越えてきし砂にまみるる　1〉

歌集『クウェート』で反響を呼んだ作品です。いずれの歌にも、淵源《えんげん》にはエロスの情動が息づいています。

目があえば発狂しさうで
　　もういく日も
鏡を見ることがかなわず

間武《はざまたけし》
（一九七五〜）

「猟奇歌とその系譜」の章を締めくくるにふさわしい異色歌人です。なにしろ、作品のことごとくが『猟奇歌』へのオマージュと呼べるものなのですから。おしなべて言葉数は本家より多めですが、表題作のように遜色のない作品もあります。鏡を見ただけで発狂しそうになるとは、なんと危うい精神状態でしょう。

俺が白目を剥いた刹那
偶然おまえが接吻したので
危うく正気を取り戻した月夜　2

これも間一髪の危うさでしたが、ことによると女をいままさに殺そうとしていたのかもしれません。

殺しのあと
特に用事もないので
お庭にでて草引きなどする　2

夢野久作の「いなか、の、じけん」を彷彿させる一句。濃厚な猟奇歌臭です。

蠟燭は消えない
でも、ほんとうは
決して目をそらしてはいけない　2

目をそらしたらどうなってしまうのでしょう。蠟燭の炎が不意に消え、深い闇となり、その闇の中に怖ろしいものがぬっと立ち現れるかもしれません。

第3章 向こうから来るもの

幽霊、怪物、妖怪、もののけ……。
その他もろもろのスーパーナチュラルなものが「向こう」からやってきて
現実世界を侵犯し、恐怖をもたらします。
ホラーの王道とも言える「怖い短歌」を集成したのがこの章です。

幽霊もほそき裾して歩みくや夜のうすもやに月あかりする

片山廣子《かたやまひろこ》（一八七八〜一九五七）

異界の消息を伝える「向こうから来るもの」たちの章の幕を、松村みね子の筆名でアイルランド文学の翻訳を幅広く行い、芥川龍之介などとも交流があった才女に開けていただきましょう。

うすもやに月光がかすかに差しこむ晩、深い闇の向こうからしずしずと近づいてくるものがあります。やがて、いやに細い裾だけが闇の中に浮かびあがります。ホラー界の千両役者、幽霊の登場です。

幽霊をあからさまに見せては台無しです。まずは、顔からいちばん遠い裾をおぼろげに見せます。しかるのちに、幽霊の欠落した表情を想像させて恐怖を喚起するのが骨法なのです。

〈古井戸の底の髑髏よそと出でて歩め枯葉も月に眠る夜　3〉

これまた濃厚な怪奇趣味の歌です。「さあ、外へ出て歩みなさい」というささやきを吹きこまれた古井戸の底の髑髏《どくろ》は、顔や手足を少しずつよみがえらせ（そのさまを想像すると慄然とします）、やがて外界に出てしずしずと歩きはじめます。足元に枯葉が降り積もってても、幽霊が足音を立てることはありません。

〈ぬば玉のよるのわびしさおそろしき魔の来て我に物いふが如　3〉

「ぬばたまの」は髪などの黒いもの、ひいては黒から連想されるものにかかる枕詞。ここでは魔は比喩にすぎず、実際に現れているわけではありませんが、深い闇の中から響くこの上なく低い声が聞こえてきそうです。

〈百年の前に死にける我ならむふと帰り来し見知らぬ人は　8〉

自己像を幻視するドッペルゲンガーは死の前ぶれだと言われます。しかし、この歌に登場する「もう一人の自分」はすでに百年前に死んでいたのかもしれません。その証《あかし》に、帰ってきた姿はいまの自分とはまったく違う見知らぬ他者です。向こうから来る怪異な存在ですが、たしかな奇想も息づいている作品です。

〈死をつれて歩くごとしと友いへりその影をわれもまぢかに感ず　4〉

最後は、素直な死の影の歌です。重い病を得たのでしょうか、死をつれて歩いているようだとは重い述懐です。

死にし者白昼にわれを誘へり　青き蚊のごとく立つ弟よ

葛原妙子《くずはらたえこ》
（一九〇七〜一九八五）

幻想短歌の大家の幽霊は、いとも上品に出現します。「死にし者白昼にわれを誘へり」で大きく切れ、そのサイレントのただなかに弟の幽霊を出現させる技は凡手のものではありません。赤でも黒でもなく青き蚊でなければ、このリアリティは生まれないでしょう。

〈他界より眺めてあらばしづかなる的となるべきゆふぐれの水　9〉

もし自分が他界から眺めているとすれば、いま見えているこの水は静かな的のように見えるかもしれない。ふと兆したそんな幻想を契機に、何気ない日常の風景がにわかに変容します。作者の自作自解によれば、この水はフライパンにためられた水ということですが、それにとらわれる必要はまったくないでしょう。流れていない静まった水ならば、池でも水たまりでも何でも、他界からは的のように見えるかもしれません。

〈窓枠の中赤積乱の雲立てりわれらが死後の風景として　1〉

赤く染まった積乱雲はいやに不吉に見えることがあります。幻視に恵まれた作者は、そこに死後の光景を重ね合わせます。窓枠という区切られたものは、有限の人生と響き合います。窓枠があるからこそ、赤く染まった積乱雲の実景が死後の風景に見えてくるのでしょう。

〈砂丘に砂流れつつ絶えまなく積みつつ幻妖の古代を埋めき　1〉

この作品では、実景に重ね合わされるのは死後の光景ではなく、「幻妖の古代」です。絶えまなく流動しながら形態を変えていく砂丘の砂。その遥かなる堆積の下から、驚異に満ちた古代の風景がだしぬけに現れるかもしれません。流動する砂のように、実に自在な詠みぶりです

〈棺《ひつぎ》に入る時もしかあらむひとりある浴槽に四肢を伸べてしばらく　4〉

死んで棺に入る時も、このような体勢になるかもしれない。浴槽で四肢を伸ばしたとき、ふとそんな思いが兆します。たやすく実感されそうな、さりげなくて怖い短歌です。

〈黒き車輪の運べるわれにたはやすき死あり匂ひのごときゆふぐれ　4〉

自動車でしょうか、黒い車輪が回る乗り物に乗っているとき、「自分の死はいともたやすく到来する」という怖れを抱きます。夕暮れそれ自体が匂いのようだと示唆されていますが、それは常ならぬ死の匂いなのかもしれません。

くらき死者よみがへり来る怖れ持ち土葬の地かたく踏む肉身ら
齋藤史《さいとうふみ》
（一九〇九〜二〇〇二）

死者がよみがえるのは土葬ならではです。余談ながら筆者の父方の田舎も土葬で、祖母の棺を皆でかついで埋めたあとはそこはかとない怖れを抱いたものです。ゾンビを直接描いた歌ではないのに、「よみがへり来るくらき死者」の姿が立ち現れてくるのは言葉の魔術でしょう。

〈野に捨てた黒い手袋も起き上がり指指に黄な花咲かせだす　7〉

モダニズムの洗礼を受けた第一歌集『魚歌』には、同じ妖異でも明色の光景が描かれています。「怖い短歌」ではありませんが、さらに明度が増せば代表作の一つ〈定住の家をもたねば朝に夜にシシリイの薔薇やマジョルカの花〉の世界になるでしょう。

ただし、父の齋藤瀏《りゅう》が陸軍少将兼歌人で、親交のあった青年将校たちが二・二六事件に連座して刑死、父も禁固刑を受けるという出来事が暗い影も落としています。

〈さかさまに樹液流れる野に住んでもくろむはただに復讐のこと　6〉

〈いのちより光りて出づるうたもなしコルトの胴をみがけりわれは　6〉

負の情念に分類しましたが、暗色とはいえ短歌それ自体に吹く風は清新です。

一方、表題作を含む歌集『密閉部落』では、その名のとおり、あまり風を通さない息詰まる世界が描かれています。連作がウエイトを占めていて一首に絞りづらいところはありますが、やはり「くらき死者」にとどめを刺すでしょう。

〈何持ちて我は亡びむ翳ろひはすでにくるぶしを滲《ひた》し来りぬ　4〉

この「翳ろひ」は疑いなく死の影でしょう。すべてが「翳ろひ」に包まれてしまうとき、手にしているものは何でしょう。

〈一人死に一人席次の上りたる事務机ならびゐて　残暑　4〉

日常の風景のなかに死の影が顕《た》ちます。席次という分かりやすい死の表示です。

〈すかすかとなりたる木立これ以上透けるな死後のこと視えくれば　4〉

死の影を通り越して、死後までがほの見えてきます。悲痛な調べの歌です。

〈皮膚を剝ぐかたちに脱ぎて革手袋のその裏側を見せしまま置く　9〉

第一歌集の黒い手袋は起き上がり、黄な花を咲かせましたが、晩年のこの革手袋は動くこともなく、裏側をしみじみと見せたまま、ただじっとそこに置かれています。

造成の進みゆく街禽獣の死霊は捷《と》く来て住まんとす

富小路禎子《とみのこうじよしこ》
（一九二六〜二〇〇二）

造成が進む真新しい街といえば夢や希望に満ちた場所ですが、作者はここに不吉な影を見ます。禽獣《きんじゅう》すなわち鳥や獣の死霊が新たな棲家の臭いを嗅ぎつけ、人に先駆けて住もうとしているのです。人間が移住してきたころには、もう手遅れかもしれません。

〈死馬の霊棲みつく街と知らなくに夜半の嘶き聞きし童ら　3〉

その街には死んだ馬の霊が棲みついています。夜中に子供たちが聞いたいななきは決して空耳ではなかったのです。

〈人間の起臥《おきふし》のまだ始まらぬ街にてすでに何か死にゆく　4〉

建売住宅が並ぶ街区では、人間の暮らしはまだいっさい始まっていません。しかし、その清潔な明るかるべき場所で、作者は「すでに何か死にゆく」と感じます。ある種異様な感覚です。

その姓のとおり旧華族の家系に生まれた歌人ですが、雅《みやび》な和歌の世界には詠まれないものへも進んで目を向けました。

〈街角に来し車よりけだものの形残れる肉引き下ろす　1〉

肉の残像が何とも言えない歌です。「けだものの形残れる肉」のありさまはどんなものだったのでしょう。

〈魚の頭集めて売れる店ありて明るきガラスそをおほひたり　1〉

こちらは魚の頭です。明るいガラスのフィルターを通しているからこそ、かえって不気味さが募ります。

〈背にひたと添ひたる鬼がもの言へばあやつられつつわが唇《くち》動く　3〉

自分の目では見えない背中に、ぴったりと鬼が寄り添っています。いま発している言葉は、実は鬼に操られて言わされているのです。背筋が何がなしにぞわぞわするような怖い短歌です。

〈能管の高音のごとき今朝の晴　死霊の行方測りがたしも　3〉

〈竹群の雨後のぬかるみ悪霊をおびしけものか鋭《と》く叫び合ふ　3〉

ともに格調高く始まりながら、結局は死霊と悪霊が登場してしまうのは、この異能の作者ならではでしょう。

いつまでもわれにつきくる悪霊に臭韮《かみら》一本《ひともと》投げむとぞする

前登《まえと》志夫《しお》
（一九二六～二〇〇八）

「臭韮一本」は『古事記』を出典とする由緒正しい言葉です。韮やにんにくなど、強い臭気を発するものには魔よけの効果があると信じられてきました。「かみら」がレ・ファニュの怪奇小説の古典『吸血鬼カーミラ』と韻を踏むのは悦ばしき偶然です。

〈年ふりし悪霊もまた憩ふべし星こぼれくる枯草原に　3〉

人生の大半を吉野で過ごし、「山人」と自称していた歌人です。草深い夜の吉野には、年を経た悪霊も平然と存在しているのです。

〈声高に檜の林わたりくる茜の死者も雪雲のなか　3〉

死者と生者の境があいまいなアニミズム的世界が格調高い調べで詠まれています。

〈びつしりと春の霙の降る森に白き犬連れて死者をたづぬる　1〉

知人の墓を訪ねたのかもしれませんが、これまた死者そのものととらえることもできるでしょう。

白髪を梳きながらふと振り向けば小面《こおもて》をつけてゐるかも知れぬ
稲葉《いなば》京子《きょうこ》
（一九三三～二〇一六）

能の小面はのっぺらぼうとも一脈通じる不気味さがあります。この世界をキャンバスになぞらえれば、白い地塗りとなっている原形質的なものがぬっと深層から立ち現れてきたかのような怖ろしさです。この歌はパロディもつくられていますが、さまざまな場所に小面を唐突に出現させてみると気味悪さもひとしおです。

〈担送車にゆれ揃ひつつ行き過ぐるまことに白き死者のあなうら　4〉
同じ白でも、今度は死者の足の裏です。病弱だった作者が病院で目撃した光景ですが、歩いているかのように揺れているところに哀れが募ります。

〈ひとつの死はその死者の中に棲まひゐし死者をとはに死なしむ　4〉
冷徹な認識です。ひとつの死がもたらすのはその人物の死だけではないのです。

〈凶凶と彼方の屋根に鳴く鴉父母ありし日は心震へき　1〉
父母に何かあったかと思わせる不吉な鳴き声です。凶凶は見事な字面の配置です。

だれの悪霊なりや吊られし外套の前すぐるときいきなりさむし
寺山修司《てらやましゅうじ》（一九三五～一九八三）

不意の冷気を伴って向こうから来るのは外套の持ち主だった悪霊ですが、動いているのは短歌の視点人物です。優れた劇作家でもあった作者ならではの、アングラ演劇の一シーンのような暗色の光景です。

〈老婆から老婆へわたす幼な児の脳天ばかり見ゆる麦畑　1〉

従来の短歌では望むべくもなかった視点から描写された一首。この幼児はただあやされているだけでしょうか。それとも怖ろしい運命が待ち受けているのでしょうか。

〈いまだ首吊らざりし縄たばねられ背後の壁に古びつつあり　4〉

これも芝居の背景を想わせます。見えているのは壁の古びた縄ですが、幻視されるのは首が吊られている光景です。

〈音立てて墓穴ふかく父の棺下ろさるる時父目覚めずや　4〉

カッと目を見開いて目覚めたとしても、そこはいちめんの暗黒です。

日本の悪霊なれば血糊なす思想の闇を溜めて項垂る

福島泰樹《ふくしまやすき》
（一九四三〜）

短歌絶叫コンサートでも知られる作者は、その電圧の高さのゆえに「怖い短歌」の数が少ないタイプの歌人に数えられます。しかし、表題作は電圧の高さがそのまま怖さに直結しています。

想起したのは渡邊白泉《わたなべはくせん》の怖い俳句「戦争が廊下の奥に立つてゐた」。血糊なす思想の闇を溜めてうなだれている「日本の悪霊」もまた、廊下の奥に立つ戦争と同じく、目鼻の在《あ》り処《ど》が判然としない迫力ある集合体です。

〈思想ゆえに死したる者ら集まりて決起をせぬか茜濃き闇よ　3〉

もしそんな事態になれば、怖ろしい光景が現出しそうです。

〈頬は熔け鼻は潰れて叫ばんに唇どこにもみあたらなくに　1〉

歌集『焼跡ノ歌』より。竹山広の原爆と同じく、時を経ることによってようやく表現することができた無残な光景です。

星暗き夜半に窓をあけころゑをかく　花ばたけをとほる幽霊たちに

松平修文《まつだいらしゅうぶん》
（一九四五〜二〇一七）

画家および美術史家でもあった作者には、暗黒絵画を凝縮したかのような短歌が散見されます。

表題作もその一つ。手前に開いた窓があり、遠くに花ばたけが広がり、夜空には暗い星が浮かんでいます。花ばたけを通る幽霊たちの顔までは見えません。どういう由来で幽霊になったのかも分かりません。

その幽霊たちに、短歌の主体はどんな声をかけたのでしょう。それもまた謎のまま残ります。ことによると、「私もつれていってくれ」だったのかもしれません。そんな幸薄い世界です。

〈眼のない鳥や眼のない魚や眼のない少女が棲むその街は、夜だけの街　7〉

これも暗澹《あんたん》たる絵画を彷彿させる世界です。ポール・デルヴォーの少女などが棲んでいそうな「夜だけの街」ですが、デルヴォーの少女に特徴的な大きな眼すらここでは欠落しています。

〈野の鳥の羽毟りつつ食ひをへて少女あけ方の墓地へ飛び去る　3〉

少女の姿をしていたものは、実は魔物だったようです。こういうあからさまなホラー短歌はあまり見かけるものではありません。

〈崖顚のやかたに鴉かひならす処女　ふたたび死ぬることなく　3〉

これも明らかにホラー短歌と呼べる作品です。崖の館で鴉を飼い慣らしている少女は、一度死んでいる魔物ですから再び死ぬことはありません。鴉は人に姿を変えて悪い誘惑をしそうです。

〈被写体の崖のいただきに現はれし少女は投身自殺して見せ　3〉

崖をカメラで狙っていると、怪しい少女が現れ、あざ笑うかのように投身自殺をしてみせます。もちろん幽霊ですから死ぬことはありません。

〈「血の池のほとりで待つ」といふ手紙　今年も届き夏が来てゐる　3〉

夏の到来を知らせる手紙というとさわやかなイメージがわきますが、これはまたその対極にある文面です。血の池のほとりで待っているのはいったいだれなのでしょう。会えば何が起きるのでしょうか。

〈向日葵のうしろにさわぐ波にのり空壜が来る水死者が来る　3〉

この歌も途中まではさわやかな夏の光景です。向日葵のうしろの波に乗って、まず空壜が来ます。さりながら、続いてやってくるのはサーファーではなく、この世に戻ってきたおぞましいものでした。

〈穴のあく葉の裏側にゐる虫を見たし責めたし殺したし　6〉

続いて、異常心理の一首。

葉の裏側に潜む虫を見たいというところから、どんどん歯止めが利かなくなってしまいます。

〈巨樹の高いところに引つ掛かる赤い服の人形が笑ふ　死んだあなたの声で　8〉

これも絵画的な光景ですが、世界はかなり分裂しています。幽霊の不気味な笑い声が響きますが、見えているのは赤い服が鮮烈な人形です。

〈死期が来たのかもしれない　黒衣のひとに支へられて、沼へ　3〉

最後の歌集から。

黒衣の女は疑いなく冥府からの使者でしょう。粛然とさせられる一首ですが、作者は還るべきところへ還ったとも言えるかもしれません。

水波の暗きをわけて浮かび来るやはき耳もつ稚き死者ら
河野《かわの》裕子《ゆうこ》
（一九四六〜二〇一〇）

海で亡くなった稚い死者たちが、暗い水波をかき分けながら次々に浮かんできます。小さいころに亡くなったから耳がまだやわらかいというところが切なくもリアルです。この死者たちはどんなまなざしをしているのでしょう。

〈樹木らの耳さとき夜うかうかと水に映りて死者の影渡る　3〉

闇にまぎれてさりげなくこの世に戻ってきた死者ですが、水は過《あやま》たずその影をとらえていました。「樹木らの耳さとき夜」という調べと無駄のない言葉の斡旋にはうならされます。

〈この水の冥きを問へば水底に髪揺られつつ死児は呼びゐむ　3〉

いやに水が冥いなと感じ、近寄って覗きこめば、水底で髪を揺らしながら死んだ子供が呼んでいました。恐怖度もさることながら、哀切さも胸に迫る一首です。

〈あをうるむ夕べ栗の木揺すりゐるふくみ笑ひの影ら死者たち　3〉

相聞歌などが有名な作者ですが、学生時代に加わっていた同人誌名と同じ「幻想派」の顔も持ち合わせています。この歌でも、「あをうるむ夕べ」という美しい背景を舞台に、死者たちの影が怪しく跳梁《ちょうりょう》します。

〈びらびらと人間の掌の形して招きをるべし夜のプラタナス　1〉

これは実景を詠んだ歌ですが、読者に見えるのはただのプラタナスの葉ではないでしょう。葉の裏にぴったりと寄り添うようにして招いている無数の怪しい手が見えるはずです。

〈菜の花に首まで隠れて鬼はひとり　菜の花に踞みて待ちゐてひとり　3〉

美しいいちめんの菜の花畑にも怖ろしいものが潜んでいるかもしれません。この歌の眼目は「鬼はひとり」のあとの一字空きです。その空白から、人を獲るためにしゃがんでいた鬼がぬっと立ち上がってきそうです。

〈すれちがひしかの一瞬を限りとしとはに喪ひし鬼かもしれぬ　3〉

身の中に棲んでいた鬼は、怪しいものとすれ違いざまにひとたびは喪われました。しかし、どこかでまた巡り合う定めだったのかもしれません。

〈死後の時間の明るき日ざしの道を来るそのひとと知らずすれ違ひしか　3〉

幽霊が怖ろしいいでたちをしているとはかぎりません。さりげなくすれ違った人が死者だったのかもしれないのです。

うしろの正面……誰もいる筈なき闇に言い当てられしわが名その他

永田《ながた》和宏《かずひろ》

（一九四七〜）

故河野裕子の生涯の伴侶となった歌人も「怖い短歌」を詠んでいます。

「うしろの正面」はひどく不気味なわらべ唄「かごめかごめ」の歌詞ですが、人間が直接見られない真うしろの闇からいきなり名を呼ばれたら、心臓が縮み上がるかもしれません。

「その他」の内容も気になります。死期だったら救いようがありません。

〈幼らの輪のまんなかにめつむれる鬼が背後に負わされし闇　3〉

これはその「かごめかごめ」の光景。目をつむっているうちに闇は重くなっていきます。

〈ひっそりと若き死者らが泳ぎ過ぐ晩夏の潮に身は浮かべつつ　3〉

すれ違った泳者が生者である保証はありません。お盆過ぎの海は泳ぐなと言われます。

〈悪意なき殺意もあらん工房の昼マネキンの裸の乳房　6〉

オブジェから思いがけない感情が抽出されます。バラバラ死体を思い浮かべてしまうのは私だけでしょうか。

一郎が畑に水をやりをれば遥か地下より上り来る鬼

真木勉《まきつとむ》（一九四七〜）

「向こうから来るもの」も多種多様ですが、これは極めつきの異色作。牧歌的な光景でも安閑とはしていられません。ラストに意外な犯人が現れるミステリーを彷彿させます。また、「恐怖と笑いは紙一重」ですから、思わず爆笑する読者もいるかもしれません。

〈弟が欲しいと子が言へば闇の中近づいてくる見えぬ児のかげ　3〉

これも前半のほほえましい光景がラストで不気味に変容します。

〈幽霊の三角巾を振り立ててセイタカアワダチソウの秋ゆく　3〉

この歌はどちらかと言えば笑いを誘うでしょうか。構造が違うものに遭遇し、その差異を認識したとき、恐怖もしくは笑いが生じるのです。

〈この世からあの世に通じてゐるらしき目の裏側を目をつぶり見る　5〉

『人類博物館』というタイトルの歌集を持つ作者には、人には見えない妙なものが見えているのかもしれません。

ドラム缶の焚き火のかなた面《めん》売りの小男すうっと鳥居をくぐる
小黒世茂《おぐろよも》（一九四八〜）

ただの実景を詠んだ歌とも受け取れますが、故郷の紀州などを舞台としたアニミズム的世界を詠む歌人の作品ですから、この面売りはどうもただものとは思われません。売りものばかりでなく、男の顔も面で、正体は怪しのもののような気がしてならないのです。

〈夜明けとも日暮れともなきうすあかり他人《ひと》に誘はれ死者を見に行く　1〉

夢の中の光景のようにも思われます。作者は絵画制作においてイメージを広げようとして短歌を始めたという人ですが、この歌などは印象深い薄明の絵画の趣があります。

〈風かすかに鋼のすれる音ありて滅ぶるまへの空は青かれ　7〉

世界が終わる前には、こんな兆しがあるのかもしれません。青空が目にしみます。

〈脳の字に凶あることをおののきてひとり深夜の藪椿見し　5〉

言われてみれば、たしかに凶が含まれています。闇の中の藪椿と、脳の中の凶が繊細に響き合っています。

むらさきの指よりこの世の人となりこの世に残す指のむらさき

有賀《あるが》眞澄《ますみ》
（一九五〇〜）

こちらは本職の画家です。その暗色の絵とも一脈通じる作品ですが、向こうからの現れ方が異色です。まず一本のむらさきの指が現れ、まことしやかな人のかたちになって、この世にむらさきの痕跡を残して去っていきます。うっかりそれに触ってしまったら、何か不吉なことが起きてしまいそうです。闇の中から不意に出現する印象深い一本のむらさきの指。それは画家が用いるオイルパステルも彷彿させます。

〈夜道より一羽の鷺が翔び去れば地表を走る無限の墓よ　1〉

これも絵が思い浮かぶ一首。夜道から翔び去っていく一羽の鷺と、地表に並ぶおびただしい数の墓との遠近法が鮮やかです。

〈血を流す歴史がありて血が交じる火を継ぎたれば燭の涙よ　1〉

蠟燭のモチーフを繰り返し描いた高島野十郎《たかしまやじゅうろう》の絵が浮かびますが、バックの闇には何かただならぬものが潜んでいそうです。

うしろあるきにやってくるのはたぶん死んだはずのおまへさんでせうね
武藤雅治《むとうまさはる》
（一九五一〜）

死角になっているうしろから死者に肩をたたかれたり、背中にそっと触られたりするのも怖いですが、これも恐怖度では引けを取りません。

うしろあるきでやってくる死者！　その顔にはいったいどんな表情が浮かんでいるのでしょう。

〈ここらあたりで三本足の男がぎくしやくとあるいてくるはずの桜のみち　3〉

俳句も手がける才人は、ほかにも怖ろしい「向こうから来るもの」を造形しています。桜並木は非日常の世界ですから、同じ非日常の面妖なものも出現します。ことによると、この三本足の男は桜の木の化身かもしれません。

〈耳からよみがへる死者たちへ　つくつくぼふしつくつくぼふし　3〉

つくつくぼうしの声を聞いているのが生者ばかりとはかぎりません。死者がはっと目を開ける瞬間を想像すると怖ろしい一首です。

夕闇のはてにひろがるファンファーレそこより眩しき死者ら歩みて

井辻朱美《いつじあけみ》（一九五五〜）

英米ファンタジーの翻訳家および作家として業績を上げてきた作者は、優れた歌人でもあります。

夕闇の果てに響くファンファーレは、まるでこの世の終わりを告げているかのようです。それを合図に、光をまとった死者たちが歩み寄ってきます。大作絵画になりそうなスケールの大きな世界です。

〈燐光に燃ゆる破船をすぎゆけばマリンスノウのごとき星空　1〉

これも取り合わせの美しい歌です。恐怖と笑いばかりでなく、恐怖と美もまた背中合わせなのです。

〈潮騒のおそろしき反復いまもなお水族はわれらを底より呼ばう　3〉

寄せては返す波は、もしかすると何者かの意志によるものなのかもしれません。海の底には妖しい水族が棲息していて、ひそかに人間たちを呼んでいるのです。

じっと見ているると絵のほうが自分を見ているような気がしてくる公会堂の暗がり

フラワーしげる
（一九五五〜）

翻訳家が続きます。と言っても、フラワーしげるは短歌用のペンネームで、本名は西崎《にしざき》憲《けん》、ほかに小説や音楽などを幅広く精力的に手がけています。翻訳も間口の広い仕事ぶりですが、その出発点にあるのは英米怪奇小説です。斯界《しかい》には絵画怪談というサブジャンルもあるほどで、怪しい絵をテーマにした作品はこれまでに数多く書かれてきました。
公会堂の暗がりに飾られているのは人物画でしょうが、さてどういう人物なのか、すべては読者の想像にゆだねられています。絵の中の人物は見つめ返すばかりでなく、薄ら笑いも浮かべていそうです。

〈ずっと窓だと思っていたのだけれど違っていてそれは開くこともなく　1〉

これも実は絵だったのかもしれません。マーク・ロスコの抽象画のいびつな四角も連想されます。現実では開くことのない窓の向こうに続いているのは異界かもしれません。

〈棄てられた椅子の横を通りすぎる　誰かがすわっているようで振りむけない　5〉

窓の次は椅子です。強迫観念と言ってしまえばそれまでですが、だれもいない椅子が抱いている空気は少しだけ重くなっているような気がします。暗がりの人物画とも一脈通じる作品です。

〈偽の首相遅くも速くもない歩調でやってきて死と病の十日間はじまる　7〉

この男の肖像画も不気味にして不敵なものになりそうです。「遅くも速くもない歩調」は時や死などとも重ね合わせられるかもしれません。

〈明日の午後このカフェで事故が起こりますと書いた紙を置いて出る犯罪ではないと思いながら　2〉

犯罪ではないかもしれませんが、「猟奇歌とその系譜」に分類されても文句は言えないでしょう。あまり真似はしないほうがいいかもしれません。

〈世のすべてはあるコヨーテの首に巻きつけた紙に書いておいたどのコヨーテかは忘れた　7〉

同じ紙片でも、こちらは軽やかです。このように定型を軽やかに逸脱しながら奇想を繰り広げるのはこの作者の真骨頂です。しかし、世界の総体を記した紙の所在が不明になっているのですから、事態はなかなかにただならぬものがあります。

逆光にのっぺらぼうが現れてすれちがうとき人間になる

坂原八津《さかはらやつ》
（一九五八〜）

人間たちはまことしやかな世界を形成していますが、その裏側にはぶよぶよとした原形質のものがウレタンのように詰まっているような気がしてなりません。この「逆光ののっぺらぼう」も、そういった普段は見えない裏面から現れた存在でしょう。

〈火祭りが始まる前に逃げていくものよわたしもきっと同じだ　3〉

火が焚《た》かれる前に怪しのものは危険を察知して逃げていきます。作者は祭りを行う者よりそちらのほうにシンパシーを感じています。

〈亡霊はわたしの隣り　おたがいに見ないふりして今日も別れる　3〉

亡霊がすぐ近くに出現しているのに、日常は危ういながらも続いていきます。不思議な感覚です。

〈光線のゆらめきのなか浮かび出て消えるしかないお化けのみなさま　3〉

夜の国道でしょうか。ライトに儚《はかな》く照らし出された怪しのものたちです。

ここは誰の記憶の町か　薄暗き駅舎に人の影のうごめく

谷岡亜紀《たにおかあき》
（一九五九〜）

旅の歌人が幻視した光景です。

人の影などあろうはずのない薄暗い廃駅に、怪しい気配が漂っています。かつてはそこで生活していた人たちの思いが駅舎にはこめられています。ゆえあってもうその町では暮らせない人たちは昔のことを追憶するしかありません。その生霊が廃駅の駅舎にひそかに立ち現れているのでしょう。それにしても、「ここは誰の記憶の町か」は切れ味鋭いフレーズです。震災後の光景にも重ね合わせられそうです。

〈地雷にて足失いし者たちが隊列なして歩くまぼろし　3〉

こちらはくっきりした姿をもつまぼろしです。自分の意思で選んだわけではない異形の者たちが恫喝《どうかつ》するように歩いてきます。

〈ほの暗く船首に明り掲げつつ世を遡る死者たちの船　3〉

死者たちの船は時を渡ります。これも画題になりそうな闇なる光景です。

ひそけくも終車発ちたり後尾より魔女の耳もつひとりを降ろし

山田消児《やまだしょうじ》（一九五九〜）

最終列車からひっそりと一人の魔女が駅のホームに降り立ちました。このあと魔女はどこへ向かうのでしょう。町の災厄はその晩から始まりそうです。渋いホラー映画のオープニングを観るかのようです。

〈金網に髪絡まりし魔女ひとり途方に暮れたまま朝が来る　3〉

同じ魔女でも、こちらは情けなくて笑いと哀れを誘います。髪がちぎれても逃げたらどうでしょうか。

〈三十三回目の見合いにてひたぶるにうつむきいたる妖怪さとり　3〉

ちっとも怖くはありませんが、もう一つ哀れな姿の妖怪を。しっかりしろよと言いたくなりますが、見合い相手の心が読めたらまとまるものもまとまらないかもしれません。

〈ほかならぬ天使のきみは天使のまま人ひとりたやすく殺してみせる　3〉

天使のほほ笑みと言われますが、この天使はいかにも天使らしい笑みを浮かべたまま平然と人を殺してしまうのです。

〈皿の上に残れる莢の裂け目よりぬるりと手指の出でて消えたり　3〉

意外なところから「向こう」の扉が開いてしまうこともあります。日常の食事の後のお皿でも安閑としてはいられません。ぬるりと出る手指に妙なリアリティがあります。それはまた『アンドロイドK』という魅力的なタイトルの歌集を持つ作者の美質でもあります。

〈呼ばるるは何の縁《えにし》か沿道に霊あまた来て引くうしろ髪　3〉

こういうふうにうしろ髪を引かれたら、卒倒するほど怖いでしょう。

〈人工の街はさやけし雨上がりピアノ線首の高さに張られ　1〉

疾走してきたオートバイの運転手の首は、いともたやすく切断されて宙に舞うことでしょう。その血しぶきを雨上がりの日ざしが美しく照らします。さる高名なオムニバス怪奇映画のラストシーンが思い浮かびます。

〈生還者ら語り集えるそれぞれに見届けてきし未来の終わり　7〉

ここでも話の内実はいっさい伝えられません。肝心なところは空白にして読者の恐怖を喚起するのが常道です。終末を迎える未来から生還してきた者たちは、いったいどんな光景を目撃したのでしょう。

死者といふ名をもつ若き園丁がちかづいてくる薔薇をなほしに
大辻《おおつじ》隆弘《たかひろ》（一九六〇〜）

「死者」というあだ名というのは無理筋でしょうから、その正体は若き園丁の姿をとった死それ自体なのでしょう。その死者に直された薔薇は美しい人生を生き急ぐことになるのかもしれません。

〈死は可算名詞ではない数ふるを許すことなき無音の広がり　4〉

死はだれにでも一度だけ訪れる。そんな当たり前のこともこうした理屈っぽい短歌にすると違った光が照射されます。

〈紐育空爆之図の壮快よ、われらかく長くながく待ちゐき　6〉

違った光といえば、9・11事件の自爆テロを詠んで大いに物議を醸したこの一首。表明するのに勇気のいるこの感情もまた一面の真でしょう。

〈ブラウスの襟より指をさし入れて殺してあげませうか冷たく　6〉

恐怖の感情に戻れば、主体が幽霊かもしれないこの作品。指がなんとも冷たそうです。

運河から上がりそのまま人の間へまぎれしものの暗い足跡

林和清《はやしかずきよ》
（一九六二〜）

運河から這い上がるときはおぞましい姿だったものは、まことしやかな姿を整え、平然と人間たちの群れにまぎれていきます。その正体は半魚人でしょうか。残されたのは、少しぬらぬらしている暗い足跡ばかりです。

H・P・ラヴクラフトの怪奇短篇「インスマウスの影」を連想させる世界です。短歌が怪奇小説の的へこんなに見事に突き刺さることはめったにないので、見つけたときは快哉《かいさい》を叫びました。

〈ふりむけば落武者ばかり群れてゐた芙蓉の寺のぬかる庭土　3〉

こちらはぐっと和風の怪しいものです。ぬかるむ庭土の上に立っていたのではなく「落武者ばかり群れてゐた」ですから、通常の人より小さい落武者がわしゃわしゃといたのでしょう。そのほうがずっと怖ろしい光景です。

〈夜の道に呼ばれてふいをふりかへるそこには顔があまたありすぎ　3〉

ここでも怪しい顔がたくさん現れます。作者には『ここが京都のパワースポット』というかなりマニアックなセレクションの共著もありますが、ことによると実際に「見る」人なのかもしれません。

〈うそ寒き月夜もとほる竹林に冬の幽霊ひそとにほへり　3〉

幽霊のこの世界への出現の仕方は多種多様です。夜の竹林で「ひそとにほ」うこの幽霊の恐怖度もなかなかのものです。その臭いか匂い、表記に迷うものに気づいてしまったらもういけません。

〈銀杏のにほひの占める午後ふかく人も国家も内よりほろぶ　5〉

こちらもにおいですが、銀杏の独特のにおいに人と国家の滅びを感じ取る鋭い感覚にはうならされます。

〈貝母《ばいも》にかすかなる風　指で押す眼球なる潰れやすきもの　5〉

鋭敏な崩壊感覚ならこの一首も。一字空きの空間に風が吹いています。

〈熱帯の蛇展の硝子つぎつぎと指紋殖えゆく春より夏へ　3〉

指紋が増えていった末に何が起きるのでしょう。ある晩、熱帯の蛇の剝製は不意にかっと目を開くかもしれません。

お忘れになりましたかと言ひながらうしろから肩にふれるてのひら

真《ま》中《なか》朋《とも》久《ひさ》
（一九六四～）

死者である証に、この声はきっと少しかすれていることでしょう。生きている顔見知りなら、笑ってぽんと肩をたたくでしょうが、死者はそうではありません。うしろからそっと肩にふれ、「お忘れになりましたか」と耳元でささやくのです。

〈あなたのたましひは譲渡されましたとしらかみを目のまへにかざせり　3〉

今度は前からです。有無を言わせぬ口調で見下ろすように告げて、白紙をかざしているのは、どうやら悪魔のようです。

〈おまへまだ死んでないだろ　濡れてひかるゴム長靴の足先がつつく　4〉

これも恐怖度の高いシチュエーションです。動いたり声を発したりしたら、もういけません。今度こそとどめを刺されてしまいます。

〈よみがへりたる死者をもてあますがごとし議会棟にすべての灯をともす　9〉

こちらは比喩ですから何事も起きていません。しかし、死者の影は妙に消えません。

突然に記憶の底で立ち上がるハイゲイト墓地の深い陰影

小笠原魔土《おがさわらまど》（一九六七〜）

向こうから来たのは、ほかならぬ作者だったようです。その正体は、ロンドンの墓地で眠っていた死者でした。

濃厚なゴシック趣味が異色の歌人です。闇に偏った作品をほかにも多く詠んでいます。

〈私が大鴉《レイヴン》の生を終えてからどれほどの夜が過ぎたのだろう　8〉

この作品では、前世はポオの詩で高名な大鴉でした。前世もしくは生前の記憶が不意によみがえるという構造は表題作と共通しています。

〈白船の幻影を見た夕刻に磯の香が満ちる社内に　3〉

日常の世界は、怪しい幻影を見た作者を媒介として徐々に異界に侵犯されていきます。

〈今晩は不死者の君と待ち合わせ月焼けをしに江ノ島へ行く　3〉

吸血鬼や亡霊や黒猫、さまざまな怪しいものが登場する世界ですが、この不死の誘惑者はなかなかに魅力的です。

バス停を並ぶものだと気づくのはいずれ人ばかりではあるまい

我妻《あがつま》俊樹《としき》（一九六八〜）

怪談実話の書き手として多くの著作を世に送っている作者は、主としてインターネットを媒体に作品を発表している歌人でもあります。もっとも、現代短歌の前線に立つ作風がもっぱらで、怪奇短歌がむやみにあるわけではありません。そのなかで、最もぞっとしたのがこの歌。夜のバス停に並んでいるのは、人間だけとはかぎらないようです。うしろに立っているのが人ではなかったとしたらどうでしょうか。

〈本当はもう死んでるの　帽子掛　あなたが話しかけているのは　3〉

帽子掛けが話しかけているまぼろし、帽子掛けそれ自体、帽子掛けに向かって話しかけている主体、すべてがゆがんでいる怪しい世界です。本物のまぼろしはだれなのでしょう。

〈滅んでもいい動物に丸つけて投函すれば地震　今夜も　8〉

これは奇想の一首。人間もまたひそかに「滅んでもいい動物」に数えられているのかもしれません。

百目という妖怪ふいに部屋に来て鏡をくれと叫んで泣いた

染野太朗《そめのたろう》（一九七七〜）

「恐怖と笑いは紙一重」を具現化した、極めつきの一首。

どうやら自分は目だらけらしいと気づいたら、一刻も早く鏡を見たいと思うでしょう。しかし、いきなり飛びこんでこられたら迷惑をはるかに通り越しています。

〈水死した前世のせいで足先が冷えるのですと告げられて冬　5〉

怪しいことを告げたのは易者でしょうか。その瞬間に、忘れていた前世の記憶が不意によみがえってくるかもしれません。

〈尾鰭つかみ浴槽の縁に叩きつけ人魚を放つ仰向けに浮く　8〉

引き出しの多い歌人ですが、これはいったいどういう状況でしょう。いずれにせよ、せっかくこの世に来た人魚は気の毒なことでした。

〈死者を呼ぶような音たて加湿器が数学研究室の机に　9〉

数学研究室であるところが絶妙で、本当にまぼろしが立ち現れてきそうです。

影くらゐ見たことはあるその影を怖々語り始めたばかり

石川美南《いしかわみな》（一九八〇〜）

共著に『怪談短歌入門』がある歌人ですから、怪談の勘どころを抜かりなくとらえています。語りはじめられた影。影くらいは見たことがあるもの——その正体が何かは巧妙に伏せられています。

〈午前二時のロビーに集ふ六人の五人に影が無かつた話　3〉

連作「物語集」より。六人のうちの一人に影が無かったのならまだしも、語り手を除く五人すべてに影が無かったら怖さは無類でしょう。

〈「この辺りだけなのかしら、ご近所もみんな普通にやつてゐるわよ」　9〉

日常に走る亀裂から恐怖を醸成する歌にも、説明をせず、空白をぽんと読者に投げ渡す手法が活きています。ご近所が普通にやっているのはおぞましいことなのかもしれません。

〈獣獣・・・書きゆくほどに獣の目漢字練習帳に増えゆく　9〉

怪しいものはどこにでも出現します。そのうちいっせいに光るかもしれません。

デパートでおばけを買うとついてくるちいさなおばけどこまでもくる

吉岡太朗《よしおかたろう》（一九八六〜）

おまけをもらうのは喜ばしいことですが、このおまけはなんとも微妙です。人なつっこい笑みを浮かべながら、どこまでもついてくるちいさなおばけ。それは怖ろしい姿のおばけよりよほどたちが悪いかもしれません。それにしても、そもそもデパートでおばけを売っている世界はいかがなものでしょうか。

〈吐く息が指をぬくめて死ぬことのそのわからへんからっぽがこわい　4〉

関西弁も折にふれて作品に用いる歌人ですが、「そのわからへんからっぽ」がリアリティを生んでいます。人間存在にとって死は永遠に「わからへんからっぽ」でありつづけるのです。

〈どろどろでぐにゃぐにゃだった頃のこと語りたそうな道路にさわる　9〉

リアリティといえばこの歌も。生乾きのアスファルトのぐにゃっとした感触は、この世界の裏面にある原形質のものに通じているような気がします。

第4章

死の影

死は人間にとって最も身近な恐怖の対象でしょう。

ほかに「怖い短歌」が見当たらなくても、死を詠んだものならあるという歌人は少なくありません。

しかし、死の影の濃淡やありようはさまざまです。

かつ見つつわが世はしらぬはかなさよことしもくれぬけふも昏《くる》るを
藤原定家《ふじわらのていか》
（一一六二～一二四一）

死の無常観を詠んだ歌は古典にも数多く登場します。ここでは短歌史上の大立役者に代表していただきましょう。

「かつ見つつ」で作者が見ているのは人の死のことです。見えるのは他人の死ばかりで、わが身に死がいつ訪れるか、寿命がどれほどあるのか、いっさい分かりません。分からぬままに今日も昏《く》れ、今年も終わろうとしています。

そういった無常観のフィルターを通して見た風景には、時としてそこはかとない怪しさが漂います。

〈あだし野の風にみだるる糸薄《いとすすき》くる人なしになにまねくらん　1〉

火葬場のあった化野《あだしの》に人影はありません。糸薄が風になびいているだけです。しかし、そのさまは死の世界へと手招きしているかのようです。どうやらこのあたりで引き返したほうがよさそうです。

萩の花くれぐれまでもありつるが月出て見るになきがはかなき
源《みなもとの》 実朝《さねとも》
（一一九二～一二一九）

夕暮れまではたしかに見えていた萩の花が、月の晩に再び眺めてみると、闇に沈んで（あるいは散って）見えなくなっていました。本来なら1に分類すべきかもしれませんが、実朝のその後の非運を重ね合わせると、濃厚な死の影が差してきます。

それにしても、「なきがはかなき」という仮名表記で残される余韻はどうでしょう。萩の花が見えなくなった闇の深さと、詠み手の心の重さはどうでしょう。絶唱と称される歌はほかにも多々ありますが、まず指を折りたい名歌です。

〈現とも夢とも知らぬ世にしあれば有《あり》とてありと頼べき身か　4〉

現実とも夢ともつかないこの世にいるのだから、いまこうして生きていてもその現《うつ》し身《み》には何の保証もない。これも不吉な影の差す歌ですが、表題歌に比べると理屈っぽいのがやや難点。高名な〈おほ海の磯もとどろによする波われてくだけてさけて散るかも　1〉も勇壮な歌ではなく、暗い目に映った痛ましい荒涼たる風景と見るべきでしょう。

遠雲雀《とおひばり》さらに高きへ火移すを日没はかがやかす〈死こそ入口〉

浜田到《はまだいたる》
（一九一八〜一九六八）

赤く染まった絵画的な風景です。

遠くを舞う雲雀が夕焼けの空へと舞い上がっていきます。まるで火を高みへと移すかのようなその動きを、入り日の最後の輝きが照らしています。その先にある闇なる世界は、まるで不可知の死の世界のようです。

〈死に際を思ひてありし一日のたとへば天体のごとき量感もてり　4〉

医者だった著者は往診の帰りに不慮の事故に遭い、若くして亡くなってしまいました。遺された短歌を読むと、自殺だったかのような不吉な死の影が折にふれて漂います。「天体のごとき量感」にたとえられる心の重さにはやるせないものがあります。

〈硝子街に睫毛睫毛のまばたけりこのままにして霜は降りこよ　7〉

ポール・デルヴォーの絵を想わせるような光景です。歌の終盤に「シ」の音が続くせいか、この静謐な街にも死の影が漂っています。

驚くだらう　自分が自身の肉体を離れてゐるのに気づくその時
浜田《はまだ》蝶二郎《ちょうじろう》
（一九一九〜二〇〇二）

たまたま浜田姓が続きましたが、血縁関係はまったくありません。

死の影が随所に漂うところは同じですが、こちらは時として哲学の領域に踏みこみます。

表題作は死の瞬間を想像して詠んだ歌ですが、最晩年に至るまで、死を巡る省察が変奏されていきます。

〈醒めぬ眠りの果てはいかなる景か知らず門のごときのありやあらずや　4〉

表題作と同じく、これも死の瞬間を想っています。

〈身ぬちよりの場合と外からの場合との二通りあり死の近づくは　4〉

言われてみるとまったくそのとおりなのですが、どちらもあまり想像したくはありません。

〈死はほんとに一度だけのものか前世の死を忘れてゐるのではないか　4〉

そう言われると、背筋か後頭部のあたりがほんの少しちりっとします。

〈死は消えることなのか未知への旅なのか知らずあごまで湯につかりつつ　4〉

　このように繰り返し考えてみても、まだ経験していない死について確たる答えを得ることはできないでしょう。

　短歌型式を借りた作者の思考は、死から存在それ自体へも拡がっていきます。

〈宇宙あり我あることの不可思議に酔ひつつ二本腕垂れてをり　8〉

〈端的に言へばわたしとは言葉なりあるいは身にからむ幻影の類　8〉

　こういった答えの出ない哲学的思考を続けていくと、世界はいつのまにか妙な具合に変容していきます。

〈「現在」があるのみと錯誤正しくれき大森荘蔵『時は流れず』は〉

「怖い短歌」ではありませんが、編者もこの書物を愛読していたので、人によっては堂々巡りや空回りと見なすかもしれない浜田蝶二郎の短歌群にはシンパシーを感じます。

　最後の歌集のタイトルは「わたし居なくなれ」。その「絶詠」には次の一首が含まれています。

〈自分がゐなくなるとはどういふことかそれがどうしてもわからないのだ　5〉

　長い思考の旅路を続けてきた歌人は、果たして死の瞬間に何を味わったのでしょうか。

おこたりを責めし手紙が或る夕べ死体の胸にありき読みにき
岡井隆《おかいたかし》
（一九二八〜）

塚本邦雄と並ぶ前衛短歌の雄として赫々《かくかく》たる歌歴を誇る歌人ですが、心の電圧が高すぎるとあまり「怖い短歌」には結実しない傾向があり、全四冊の全歌集からピックアップできたのはほんのひと握りの作品にすぎませんでした。

短歌のみならず医業でも堂々たるキャリアを歩んできた作者は、死と日常的に向かい合ってきました。胸ポケットに入っていた手紙の文面は、死者自らの怠慢を責めておのれを鼓舞していたのでしょう。その主体がすでに死体と化している無常が胸に迫ります。

〈屍《し》の胸を剖《ひら》きつつ思う、此処《ここ》嘗《か》つて地上もつともくらき工房　4〉

その工房も、もはや何も生み出すことはありません。

〈ことごとく春の匂ひに包まれて差し出されくる外部が怖い　5〉

「怖い短歌」ならこの作品でしょうか。春の匂いに包まれて差し出されてくる光景は、何の保証もないただの外部にすぎません。それはまことしやかな幻影かもしれないのです。

わが体《からだ》なくなるときにこの眼鏡はどこに置かれるのだろう

高瀬《たかせ》一誌《かずし》
（一九二九〜二〇〇一）

一つの眼鏡が置かれています。その持ち主の体はもうありません。死を詠んだ歌ですが、直截《ちょくせつ》にはほど遠く、やわらかいクッションが置かれているのがこの作者らしいところです。

〈さんざんあそんだあとでこの水さいごは水に喰われてしまう　4〉

これも生と死のテーマであることが、最後にやっと分かります。水に喰われてしまった水は、もうあそぶこともなく、ほかの水と区別がつかなくなってしまうのです。

〈意外に重いと言えば一同も重いと言って下さる首の話で　8〉

字足らずで俳句の自由律にも近いはずなのに、まぎれもない短歌の質感がある独特の高瀬節は、ユーモアと恐怖の境界の領域を盛る器として優れています。

これも最後にぞくりとさせられる歌。「首が意外に重い」という共通認識が得られたようですが、それは切断された首の話なのでしょうか。とすれば、なぜそんな話の展開になっているのでしょう。考えているうちにだんだん怖ろしくなってきます。

死にたいと思う日もあるそれは夜、夜は魔物の来る時間
筒井《つつい》富栄《とみえ》
（一九三〇〜二〇〇〇）

「夜、」の読点が実によく効いています。その空白の時間と空間めがけて、彼方から魔物がやってきそうです。

〈空が晴れていて波が高くて　死ぬには最高の日だと　あなたは言う　4〉

この作品は一字空きがポイントです。空白に浮かびあがるのは美しい風景と不吉な物語です。俳句ほどではありませんが、短歌の言葉の情報量も少ないため、「あなた」との関係は説明されず読者の想像にゆだねられます。

〈はやりうたひとふし軽くかすめゆく死を予感した耳のあたりを　4〉

一行詩と呼びたい作品も多い作者ですが、このように調べに秀でた短歌もあります。耳をかすめたはやりうたは何を歌っていたのでしょう。

〈精霊というものありや両肩がふいに重たくなる夕まぐれ　3〉

耳の次は肩です。こちらもぞくりと訴えかけてきます。

見えはじめすき透りはじめ少年は疑ひもなく死にはじめたり

小野《おの》茂樹《しげき》（一九三六〜一九七〇）

先述の浜田到と同じく、不幸な輪禍で夭折した歌人ですが、その先ぶれとも言うべき不吉な歌がある点でも共通しています。

遠近感によって、この歌は二種の解釈ができるでしょう。まずは遠景です。世界に見えはじめ、やがてすき透りだして、疑いもなく死にはじめている少年。映像を早送りにすると、そんな儚い姿が立ち現れてきます。

より怖ろしいのは、少年の視野に立って見た近景です。あらぬものが見えはじめ、世界のものがすき透りはじめてきたらもういけません。その主体は疑いもなく死にはじめています。

〈くさむらへ草の影射す日のひかりとほからず死はすべてとならむ　4〉

これも絶唱です。死の影の怖ろしさばかりでなく美しさをも詠んだ作品として、まず指を屈すべき傑作でしょう。

むらさきの秋果を盛りて籠あれど明日といふ日はわが死後ならむ
小中英之《こなかひでゆき》
（一九三七〜二〇〇一）

おそらく葡萄でしょう、籠にみずみずしい果物が盛られています。静物画家が題材に選びそうな光景を見ながら、作者はふと思います。明日はわが身が死んでいて、その死後にこの籠と果物が残されているのではないか、と。

いくたびも大病を経験した作者らしい、繊細な感覚にあふれた一首です。

〈かかわりなき葬列の点となるときふいに叫ぶ声あり死火山麓　1〉

死火山の麓を旅しているとき、ある葬列が目にとまります。だれのものか知らないその葬列が点のように小さくなったとき、だしぬけにどこかで叫び声が響きます。それはまるで、唐突に噴火した死火山のように目覚めた葬列の死者の声であるかのようです。

〈ふくろふはひとみみひらき黒天をよぎる悪霊好みゐるらむ　3〉

ふくろうが大きな目をいっぱいに見開いています。その目がとらえているのは、実は天をよぎる悪霊なのかもしれません。

死の家より帰り来たりて萎え居ればわが尾の先が異界にとどく
佐佐木《ささき》幸綱《ゆきつな》
（一九三八～）

電圧が高すぎて「怖い短歌」が少ない高名な歌人に数えられますが、葬儀帰りで意気阻喪しているときは事情が違います。「おまえも来い」とばかりに異界から手が伸びて、見えざる尾をつかんでしまいそうです。

〈扉《と》を鎖《さ》せる海辺の部屋の朝七時しんしんとグレゴール・ザムザの気配　1〉

施錠された扉の向こうに何か気配が感じられます。もし開けてしまったら、やにわに巨大な毒虫が現れるかもしれません。

〈八衢《やちまた》は魔の住む場所と決め居たるむかしの人に見えしもののけ　3〉

『古事記』にも登場する八衢は道がいくつにも分かれている魔所。画数の多い「衢」に魔がうずくまっていそうです。

〈世が世なら夜な夜な幽霊来つらんに寄席の帰りの夜更の屋台　3〉

「よ」の頭韻が軽やかな一首。噺家《はなしか》の幽霊がさりげなくいそうな屋台です。

使ひ方知らぬ救命具の如く〈死〉は在り　日々の暗がりにあり

高野公彦《たかのきみひこ》
（一九四一〜）

死を題材にすることの多い歌人が半ば恫喝的に示した不気味な死のかたちです。ひとたびその「救命具」の使い方が分かってしまったら、もういけません。仄暗い向こう側へと逃れていくしかないのです。

〈ひえびえと水の体につつまれて上流の鮠《はや》、下流の死霊　3〉

水にちなむ文字を歌集に必ずひそませる作者ですが、この水の流れの下流にはだしぬけに怖ろしいものが現れます。

〈「盆すぎた冷たい海で泳ぐなよ死霊《えんこ》が出てきて尻《つべ》を抜くぞよ」　3〉

これも水に現れる怖ろしいもの。「水死者の霊を『えんこ』と言う」という詞書きが付されています。ただの死霊より振り払うのが大変そうです。

〈死者の曳く月魄《つきしろ》白くビル街のまひるのそらをわたりつつあり　8〉

同じ死者でも、こちらは白昼の空。怖ろしくも美しい光景です。

そこにて不意に死を賜るか終《つい》の声じじと残して蟬がころがる

久々湊盈子《くくみなとえいこ》
（一九四五〜）

一度聞いたら忘れられない名の作者が詠んだ、長く印象に残る終の声です。蟬が残した「じじ」という儚い声がおのずと強調される、たしかな文体が採用されています。

〈かぎりなき死者の無念が降るものか見上ぐればかぐろし雪というもの　3〉

この歌に接したあとは、雪の降る光景が違って見えそうです。ここでも倒置法が巧みに活かされています。

〈濁声《だみごえ》に大鴉は鳴けり唱和して二羽また三羽世界黄昏《こうこん》　7〉

一羽の鴉の鳴き声にほかの鴉が唱和することもあるでしょうが、このように表現されるとまるで世界の終わりがやってくるかのようです。

〈往生際の悪き一匹ゴキブリハウスに毛のある足を残して失せぬ　1〉

大鴉は不気味な鳴き声を残しましたが、こちらはなんとも気色の悪いものを残していきました。

星形の入江をかこむ港町死ぬ方法はいくらでもある

笹原玉子《ささはらたまこ》
（一九四八〜）

いくらでもあるという死ぬ方法は読者の想像にぽんとゆだねられます。ただの港町ならともかく、面妖な星形の入江を囲む港町ですから、何か想像を絶する常軌を逸した方法も考えられそうです。

〈惨劇などはどこにでもある幕間に読む本にその隣席に　4〉

次は「どこにでもある惨劇」です。幕間に読む本で描かれているものならまったく実害はありませんが、フレームを超えて隣席に現れてしまったら、これはもうただで済みそうにありません。

〈硝子売りが夏の夜店にならべはじむあをの義眼とあかの義眼　1〉

塚本邦雄に師事した歌人が描く世界は、星形の入江もそうですが、幾何学的なファンタジーの趣が時として漂います。赤と青の義眼を並べはじめた硝子売りの目をふと見ると、それも面妖な色の義眼かもしれません。

こはきもの失せたるときに髪の毛を三つ編みにして死が立つてゐる

山田《やまだ》富士郎《ふじろう》
（一九五〇〜）

歳を取るにつれて怖いものは少なくなっていきます。幽霊も怪物も怖くない、いちばん怖いものは人間という意見も聞き飽きた——そんなすれた大人の前に、まるで最終兵器のように立ち現れるのが、この「髪の毛を三つ編みにした死」です。絵心のある方はイラストを描いてみるといいかもしれません。気色悪くなること請け合いです。

〈たちまちに雨は湖面をわたりきてわれわれはただ一度だけ死ぬ　4〉

こちらは驟雨《しゅうう》に死が重ね合わされます。寒色の印象深い風景です。

〈キャンパスに死体が埋つてゐる噂二月経つつ木犀匂ふ　1〉

そこはかとなくべつの臭いもまじっていそうです。

〈魔のをんな画布に封ぜむためにまづ自ら入るおかあさん　8〉

寡作ながら引き出しの多い歌人で、こんなスラプスティックな作品もあります。キャンバスの絵はどんなかたちで定まるのでしょう。

抱くだろう吾子は少女をわれは死を　どこまでも深くなる森の道
坂井修一《さかいしゅういち》
（一九五八〜）

緑が濃くなる道の行く手には未来が待っています。息子を待ち受けているのは生涯の伴侶かもしれませんが、自分を待っている者は違います。一字空きに細くなっていく道の行く手が重なり合う秀歌です。

〈ああいつか焼場の箸につままれてこそと出てくるわが尾骶骨　4〉

「こそと出てくる」にいやにリアリティのある作品です。思わず自分の尾骶骨に触ってしまいそうです。

〈着陸の刹那におもふ　生きものがはじめて死んで四十億年　4〉

科学者でもある歌人らしい発想かもしれません。私事ながら、飛行機ことに着陸の瞬間がひどく怖いのでこの歌はぞくりとしました。

〈「ことば捨てよ」よくよく思《も》へどなによりもことばなき死がわれは怖ろし　4〉

表題歌とも響き合う行く手の光景です。森の奥の闇は言葉すら呑みこんでしまいます。

二十世紀の死者の写真見てをればみな黒白《こくびやく》の二十世紀の死者

米川千嘉子《よねかわちかこ》（一九五九〜）

あたりまえのことを伝えているかのようですが、この歌を繰り返しているうちに、二十世紀の死者の表情が妙に生き生きとしてきて、写真集から抜け出してくるかのような錯覚にとらわれてきます。これはひとえに「黒白」という強い言葉の魔力で、白黒《しろくろ》やモノクロではフラットな写真のまま終わってしまいます。

〈轟々と滅ぼしながら滅びゆく国家のごとき滝のあかるさ　7〉

ここでも強い濁音の連打が最大限の効果をあげています。それゆえ、「滝のあかるさ」がより印象深くなっています。幻視の勁《つよ》さも含め、作者の並々ならぬ力量を感じさせる秀歌です。

〈あふあふと冷ますは不思議な食《を》しものの葛湯のなかの死者の荒魂《あらたま》　3〉

こちらは「あ」の頭韻が思いがけないものを招き寄せます。向こうから来るものの出現方法としてはきわめて異色です。

瞬きをかさねるたびに少しづつ隠喩のやうな死がやって来る
西田《にしだ》政史《まさし》
（一九六二〜）

日常生活において瞬きというものを意識することはほとんどありません。〈今死なば瞼がつつむ春の山　齋藤玄《さいとうげん》〉のように死が近づいて初めて意識に強く立ち現れてくるものでしょう。さりながら、明喩ではなくあいまいな暗喩のように、瞬きをかさねるたびに死は着実に近づいてくるのです。

〈世界よりいつも遅れてあるわれを死は花束を抱えて待てり　4〉

人の死後も世界は何事もなく続いていきます。その厳然たる構造を鮮烈なイメージとともに描き出した一首です。人間存在が世界にようやく追いついたとき、ぬっと死の花束が差し出されるのです。

〈もう何も起きない部屋にかぐはしく腐る洋梨ほどの異変を　4〉

ポップな歌風で注目された第一歌集にも梨は登場しますが、長いブランクを経て復帰した作品には寒色の彩りが加えられています。漂うのは洋梨の腐臭だけでしょうか。

事故死を出した会社というは静かにて電話の音が時おりひびく

松村正直《まつむらまさなお》
（一九七〇〜）

連作の一首で、〈金型に押しつぶされて祝日の職場に若く死にたるおとこ〉という歌で事情を正確につかむことができます。悲惨な事故と対照的に静謐な社内、そこにかかってくる電話は、あるいは異界からのものかもしれません。

〈永遠にエスカレーターの裏側を見ることはない黄昏れてゆく　9〉

たとえ整備をする人であっても、いままさに動いているエスカレーターの裏側を見ることはできません。世界は微量の恐怖と驚異を含む、そんなささやかな神秘に満ちています。

〈もう子供の生まれない春が来ないかな河口に続く空を見ている　7〉

終末願望を詠んだ短歌はほかにもありますが、一見すると牧歌的な書きぶりの異色作です。終末と楽園もまた紙一重なのかもしれません。

〈入ってはいけない森へ入りゆくわれを探して呼ぶ兄のこえ　7〉

表題作の電話と同じように遠くで響いています。聞こえなくなったらもういけません。

つり革に光る歴史よ全員で一度死のうか満員電車

望月《もちづき》裕二《ゆうじ》郎《ろう》
（一九八六〜）

満員電車でも、だれも使っていないつり革がぽつんと一つ残っていたりします。いままで無数の人の手が触ってきたつり革は鈍く光っています。身動きできず息が詰まるような満員の電車やバスに乗っていると、にわかに恐怖と不安が兆すことがありますが、このつり革もその呼び水となる存在かもしれません。

〈止まったら死ぬ魚見る人間は止まっても死なないから止まる　1〉

こちらも密閉空間で、ある水族館で詠まれた歌です。普通は心弾む光景でも、こういう認識のスパイスを振れば、にわかに不気味に変容します。水族館へ行くたびに思い出して嫌な気分になりそうな一首です。

〈頭をきりかえる首から血をながしわたしはだれの頭で生きる　8〉

文字どおりに頭をだれかと切り替えてしまったらどうなってしまうのでしょう。ほかの言葉でもいろいろと思考実験ができそうです。

左側死線を社用の乗用死で走る　対向死とすれちがう

伊舎堂仁《いしゃどうひとし》
（一九八八〜）

車を死に置き換えただけで、ごく普通の文章がこんなにもまがまがしく変容します。車という存在に死が内在されていることに改めて気づかされる一首です。

〈献血かぁ　始発までまだあるしねと乗ったら献血車ではなかった　9〉

これは本当にまがまがしい車です。献血車でないとしたら、いったい何だったのでしょうか。ことによると、少量ではなく全身の血を奪うつもりなのかもしれません。

〈みゅみゅみゅみゅみゅと鍵の穴から青虫がやってきて部屋くらいにふくれる　3〉

才気煥発の若手歌人が招来した「向こうから来るもの」はひと味違います。こんなにあっと言う間に膨張したら逃げ場がありません。みゅみゅみゅみゅも感じが出ています。

〈緑でも赤でも黄色でも茶色でも青でも黒でもない鬼　3〉

消去法で考えると、白く透明で、そばにいても見えない鬼でしょう。その存在に気づいたら、もう救いはなさそうです。

死の予期は洗ひざらしの白きシャツかすめてわれをおとづれにけり

吉田《よしだ》隼人《はやと》
（一九八九～）

恋人の自死について、その死の予感から葬儀とその後まで、リアルに描いた連作「忘却のための試論」で高く評価された若手歌人です。

これはその発端となる一首。明るい光景のなかで、ふと死の予感が漂ったりするものです。その「あっ、もしや」という感覚は編者も味わったことがありますが、何とも言えない心地がするものです。

〈いくたびか摑みし乳房うづもるるほど投げ入れよしらぎくのはな　4〉

これは葬儀の模様。夏目漱石の〈有る程の菊投げ入れよ棺の中〉を踏まえており、実は理知的な作りでもあります。

〈音もなく氷雨降りくるまよなかのバス停に来ぬバス待つ死者ら　3〉

連作以外ならこの作品。バス停に並ぶ死者の歌はほかにも作例がありますが、来ないバスを待っているところがより寒々としています。

第5章

内なる反逆者

恐怖の対象が外からやってくるとはかぎりません。
人間は往々にして内面から崩壊していきます。
この章では、そういった「内乱」がもたらす怖さに焦点を当ててみました。

思ひうみふところ手してわが行けば街のどよみは死の海に似る

若山牧水《わかやまぼくすい》
（一八八五〜一九二八）

二つの「うみ」が響き合う暗色の世界です。

まずは思いの「倦み」。作者は物事に倦み、ふところに手を入れて、鬱々と街を歩いています。牧水といえば漂泊の旅の歌人、明るいイメージを抱かれる方も多いと思いますが、存外にこういった暗い歌も詠んでいます。

鬱屈した心を抱えて街を歩けば、聞きなれた喧噪も違って聞こえてきます。明るかるべきにぎやかな街も、救いのないよどんだ死の海に変容してしまいます。青年期に似たような感覚を味わった方も多いでしょう。してみると、これもある種の青春短歌と言えるかもしれません。

〈夏の樹にひかりのごとく鳥ぞ啼く呼吸《いき》あるものは死ねよとぞ啼く　5〉

これまた本来なら明るい光景が死の暗色に彩られます。樹木に羽を休める鳥が発したのは、希望ではなく呪いの啼き声でした。

基督《キリスト》の　真はだかにして血の肌《ハダヘ》　見つつわらへり。雪の中より

釈迢空《しやくちようくう》

（一八八七〜一九五三）

幻想小説の傑作『死者の書』の作者、折口信夫《おりくちしのぶ》の筆名ですが、幻妖怪奇な短歌はほとんど詠んでいません。

ただ一首の例外の趣で、膨大な作品群の中にそびえ立っているのがこの謎めいた歌です。並々ならぬ迫力は十二分に伝わってくるのですが、これはいったいどう解釈すればいいのでしょうか。

血を流す磔刑《たっけい》のキリストを見ながら、作者は群衆の一人と化して嗤《わら》っています。それだけでも異常なシチュエーションですが、最後の「雪の中より」という位置関係がどうにも謎です。

怖ろしく感じられるのは「雪の中より」の前の句点です。キリストを嗤う者はキリストになる——句点のサイレントのあいだにワープして、雪の中で血を流すキリストと化してしまったという解釈は強引でしょうか。

恐怖《おそれ》もてるわがみてあれば紅小ばらひとつひとつみな眼となりにけり
岡本《おかもと》かの子《こ》
（一八八九〜一九三九）

連作「恐怖と紅薔薇」のなかの一首です。じっと紅薔薇を見ているうちに、花びらが眼のように見えてきます。かつて神経衰弱で入院したこともある作者らしい強迫観念です。

〈恐怖《おそれ》もてるわれのまなざしおのづからまた行くものか紅ばらの花に　5〉

見るまいと思えば思うほど、紅薔薇を見てしまうのです。ひとたび気になりだすと、もう逃れられません。

〈歯科医師《せんせい》はわが恐怖《おそれ》をばいたはりて執《と》りたまへども小刀《メス》は光るに　5〉

もう一首、恐怖《おそれ》の歌を。歯科に恐怖を感じる方にとってはいやな短歌でしょう。当時はメスですから、なおさら痛そうです。

〈奪はれし君をなげきて病む我の後《しりへ》にまたも「死」のひそむかや　4〉

親しい者の死を嘆く自分の背後にも、人知れず死は忍び寄ってきます。背筋がちりっとする感触の歌です。

覗いてゐると掌《て》はだんだんに大きくなり魔もののやうに顔襲ひくる

前川佐美雄《まえかわさみお》
（一九〇三〜一九九〇）

思わず粛然とするような格調高い歌集『大和』『白鳳』『天平雲』などを代表作とする大歌人ですが、「怖い短歌」という観点では、何と言っても初期の『植物祭』が秀逸です。青年期ならではの「内乱の予感」と崩壊感覚と狂気に彩られたこの歌集は、まさに「怖い短歌」の宝庫です。

表題作にどれを選ぶかは目移りがして迷いましたが、いま見ている自分の手が反旗を翻し、やにわに襲ってくるという歌を選びました。肉体の一部であるにもかかわらず、統御を振り切って少しずつ大きくなりながら手の持ち主に襲いかかってくるというのは、とても尋常な状況ではありません。

〈耳たぶがけもののやうに思へきてどうしやうもない悲しさにゐる　5〉

この作品でも、肉体の一部が持ち主から乖離《かいり》を始めます。ゴッホが自分の耳を切り落としたときは、ことによるとこんな感覚だったのかもしれません。

〈背後《うしろ》からおほきなる手がのびてくるまつ暗になつて壁につかまる　3〉

　こちらは向こうから他者の大きな手が伸びてくるという強迫観念です。死角になる背後からえたいの知れないものが襲ってくるという状況には不動の怖ろしさがあります。

〈四角なる室のすみずみの暗がりを恐るるやまひまるき室をつくれ　5〉

　強迫観念は四角い部屋の隅の暗がりにも及びます。どうして部屋は四角くなければならないのか、丸い部屋をつくれという歌もあるくらいです。多種多様にわたる『植物祭』の異常心理と強迫観念は、夢野久作の『猟奇歌』にも通じるものがあります。

〈死ね死ねといふ不思議なるあざけりの声が夕べはどこからかする　5〉

　日が高いうちはまだしも、夕暮れになると作者の精神状態はにわかに混濁してきます。読み手のほうも胸苦しくなってくる歌は枚挙にいとまがありません。

〈押入に爆弾もなにもかくさねどゆふべとなればひとりおびゆる　5〉

　隠してもいない押入の爆弾は、才能豊かな青年に天が与えた扱いにくい荷のごときものだったのかもしれません。

〈何もかも滅茶滅茶になつてしまひなばあるひはむしろ安らかならむ　5〉

　疲弊した作者は、時としてそのような自暴自棄な感情にとらわれます。そんな存在には死が誘惑の手を伸ばしてきます。

〈夭《わか》く死ぬこころがいまも湧いてきぬ薔薇のにほひがどこからかする　4〉

普通なら心地いい薔薇の匂いも侮れません。その匂いにはかすかな死の誘惑も交じっているようです。

〈ふうわりと空にながれて行くやうな心になつて死ぬのかとおもふ　4〉

魔が差すのはまさにこのような瞬間でしょう。ぐっと足を踏ん張ってこらえなければなりません。

〈電車自動車ひつきりなしの十字路に死につぶれてみたくてならぬなり　4〉

だれもが一度は味わったことのある死の衝動でしょう。こうして短歌に表現してみると、もう一人の自分が代わりに飛びこんでくれます。

〈ふつふつと湧く水のなかに顔ひたし爬虫類はゐぬかゐぬかと嘆く　5〉

「内なる反逆者」に戻ります。これも危機的な精神状態です。必死に探している爬虫類《はちゅうるい》が象徴するものは、病んでしまった自分の心なのかもしれません。

〈からからと深夜にわれは笑ひたりたしかにこれはまだ生きてゐる　5〉

深夜に哄笑する自分を「これ」と物のように表現します。紙一重で自己客観化ができていますが、危機的な状況であることに変わりはありません。

〈牛馬《うしうま》が若し笑ふものであつたなら生かしおくべきでないかも知れぬ　6〉

「負の感情」が募ると、攻撃の対象は自分から外部へと向かいます。笑ったな、といきなり動物に襲いかかりそうな怖ろしさを感じます。

〈いますぐに君はこの街に放火せよその焔《ひ》の何んとうつくしからむ　6〉

ここまで来ると、もはや犯罪教唆です。ゆめゆめ耳を貸してはなりません。

〈丸き家三角の家などの入りまじるむちやくちやの世が今に来るべし　7〉

次は「変容する世界」です。幻想の未来では丸い家や三角の家などが入りまじり、統一性に欠ける混沌とした光景が広がります。その怖ろしい光景は、作者の内面が投影されたものでしょう。

〈床の間に祭られてあるわが首をうつつならねば泣いて見てゐし　8〉

夢のなかで、床の間に据えられている首を泣きながら見ています。引き裂かれてしまったたましいの痛ましさが伝わってくる歌です。

〈寸分もわれとかはらぬ人間がこの世にをらばわれいかにせむ　8〉

SFではなじみのある「奇想の恐怖」ですが、その根底には一貫する実存の不安が流れています。

このように『植物祭』は暗黒短歌の一大宝庫なのですが、なかには〈うつくしく店は夜からひらくからひとり出て来て花などを買ふ〉といった明るい色調の歌も含まれています。暗黒を養分とした作者の歌は、その後、実存の不安の荒波を乗り切り、さまざまな名花を咲かせるようになります。

〈野にかへり野に爬虫類をやしなふはつひに復讐にそなへむがため　8〉

『植物祭』では水の中にいぬかいぬかと必死に探していた爬虫類は、『白鳳』のこの歌では野に放たれ、この世界に対する復讐の手立てとなりました。こうなればもう怖いものはありません。

最後に、暗黒の季節を通り抜けたがゆえに得られた傑作五首を引いて閉幕しましょう。

〈植物はいよいよ白くなりはててもはや百年野にひとを見ず〉
〈道道に宝石の眼がかくれゐて朝ゆふにわれの足きよくせり〉
〈父の名も母の名もみな忘れ不敵なる石の花とひらけり〉
〈野いばらの咲き匂ふ土のまがなしく生きものは皆そこを動くな〉
〈春がすみいよよ濃くなる真昼間のなにも見えねば大和と思へ〉

不眠のわれに夜が用意しくるもの蟇、黒犬、水死人のたぐひ

中城《なかじょう》ふみ子《こ》
(一九二二〜一九五四)

暗色に塗りこめられた畢生《ひっせい》の大作絵画の趣です。

光源はごくわずかなもので、暗澹たる画面のなかにかろうじて形象が浮かびあがっています。それも「蟇、黒犬、水死人のたぐひ」ですから、救いはまったくありません。

それもそのはず、作者は乳癌で乳房を切除したあと、転移が見られ絶望的な病勢に陥っていました。残り少ない命を絵の具に溶いて塗りつけたかのような一首です。

〈遺産なき母が唯一のものとして残しゆく「死」を子らは受け取れ　4〉

三十一歳で夭逝した作者が遺した作品は多くありませんが、歌集『乳房喪失』は異例のベストセラーとなり、いまも現代短歌の遺産として読み継がれています。

〈死後のわれは身かろくどこへも現れむたとへばきみの肩にも乗りて　3〉

怖ろしくも哀しい出現の仕方です。病み衰えた肉体の桎梏《しっこく》から逃れることができれば、どこへでも自在に現れることができるのです。

われや鬼なる　烙印ひとつ身にもつが時に芽ぶかんとして声を上ぐ

馬場《ばば》あき子《こ》
（一九二八〜）

名著『鬼の研究』の著者でもある歌人は多くの鬼の歌を詠んでいますが、最も迫力があるのはこの作品でしょう。

烙印をひとつ身にもつ鬼が、いままさに内部から変容を遂げようとしています。ひとたび声を上げ、芽ぶいてしまえば、あとは人から鬼へと変貌するばかりです。「われや鬼なる」のあとのサイレントに千鈞《せんきん》の重みのある傑作です。

〈あやまちて鬼となりゐきおぼろ夜のことなれば人とがめ給ふな　6〉

鬼となっていた夜、いったい何をしてしまったのでしょう。内なる鬼が衰えた行く末を詠んだ〈われのおにおとろえはててかなしけれおんなとなりていとをつむげり〉も印象深いものがあります。

〈大股にかなたに越えてゆきしものまた会わざれば鬼ときくのみ　3〉

こちらは外部から到来した鬼。格調高い詠みぶりです。

十通り以上の死に方語り終へ少女はおほきためいきつきぬ

伊藤一彦《いとうかずひこ》
（一九四三〜）

高校の専任カウンセラーとして長年つとめてきた作者は、このような心を病んだ少年少女を題材とした短歌を折にふれて詠んでいます。少女の心の闇から寒々とした風が吹きつけてきたかのようで、思わず読者もため息をつきたくなります。

〈まれまれの明るき話題は星のことあはれ自己臭恐怖の少女　5〉

では、暗い話題はどうだったのでしょう。これも暗澹たる気持ちになってきます。

〈人の世の次は砂の世　東京の高層街を行きつつ想ふ　7〉

終末幻想はだしぬけに兆すことがあります。高層街に砂のイメージはぴったりかもしれません。

〈亡者らのわれの死を待つ仏壇の奥へわが過去つづきていたり　9〉

異界への入口はどこにでも開いています。ことに先祖が眠る仏壇の奥には濃密な気配が漂っています。じっと見つめないほうがよさそうです。

だれぞ来て耳にささやく「なめくぢはある一瞬に空間を飛ぶ」
小池光《こいけひかる》
（一九四七〜）

繊細ながらも電圧は高く、あまり「怖い短歌」が見つからないタイプの歌人ですが、こんなことを不意に耳元でささやかれたら頭の内側に亀裂が入ってしまいそうです。実際は空を飛んだかのように素早く移動するだけで、飛ぶことはないようですが。

〈閉所恐怖で死んだ人なしとおもふとき閉所恐怖のくるしみは増す　５〉

自分にそう言い聞かせようとすればするほど恐怖が募ってしまいます。閉所ばかりでなくさまざまな恐怖に置き換えることができそうです。

〈化け物とかみひとへなる紫陽花がアパート階段の出口を塞ぐ　１〉

中心がどこか判然としない紫陽花は、やはり見ようによっては非常に不気味な花です。

〈傘立てて魔の踏切をわたりゆくとはにひとりのゆふぐれの人　１〉

ゆっくり動く傘のシルエットを見ているのは作者だけでしょうか。ほかならぬ魔からもはっきりと見えていそうです。

死ぬまへに留守番電話にするべしとなにゆゑおもふ雨の降る夜は
永井《ながい》陽子《ようこ》
（一九五一〜二〇〇〇）

若くして才能を認められて活躍を続けながら、四十八歳の若さで自死を遂げ、その早世を惜しまれた歌人です。その死の光を歌集に照射すると、サインめいたものが随所に浮かびあがり、胸苦しい気持ちになってきます。


表題作もその一つ。雨音とともに作者の暗い心もしみこんでくるかのようです。死の家で響く呼び出し音と録音メッセージもまた。

〈水のやうになることそしてみづからでありながらみづからを消すこと　5〉

あまりにも自らであろうとしたために、自らを消すことにつながってしまったのは痛ましいことです。哀しくも暗い水で、自在の喜びはどこにも見られません。

〈からうじて骨はわたしを人間のかたちに保ち　わたくしはねむる　5〉

作者が見舞われていた精神の危機の深刻さがうかがわれます。一字空きの空間から深いため息が響いてきそうです。

〈月光にまなこをぬかれ耳削がれ変化のものよわれに寄り来よ　3〉

　月光にまなこをぬかれて、耳を削がれたのは「われ」であるとも「変化のもの」であるとも解釈できますが、どちらでもいいのかもしれません。この変化のものは、おそらくは作者の影なる存在でしょうから。

〈ひとの死の後片付けをした部屋にホチキスの針などが残らむ　4〉

　これも痛ましい歌です。ホチキスの針はもう使われることがありません。本当は「われの死」と書きたかったところを他人事のように記した書きぶりも胸が詰まります。

〈四つ辻はつねに魔物の棲むところ母よ日暮れの方へ歩むな　1〉

　死から離れた「怖い短歌」も散見されます。逢魔が時には、四つ辻に潜んでいた魔物がうっすらと目を開けます。

〈家に棲む霊も出でよとひくく打つ柱時計もともに旧りにき　3〉

　これも背後で作者の持つ通奏低音が響いています。本当に悪霊が目を覚ましそうです。

〈人をあやめこころくるはすまぼろしの言語は満てり秋の果実に　8〉

　秋の果実に満ちているものといえば、芳醇《ほうじゅん》な果汁や実りの喜びなど、明るいものがイメージされますが、作者が幻視したものは違います。うかつに食べてしまったら大変です。

一のわれ死ぬとき万のわれが死に大むかしからああうろこ雲

渡辺松男《わたなべまつお》
（一九五五〜）

奇怪なイメージに彩られた怖い短歌が多くある歌人です。

大元にある「一のわれ」が死ねば末端にいる「万のわれ」も死んでしまいます。そこまではいいのですが、下の句の飛躍ぶりはどうでしょう。このうろこ雲は無数の死者を表しているのでしょうか。こういった思いがけないイメージの飛躍が随所で見られます。

〈幽霊を真上から見てみたきなりぞくぞくと闇を泳ぐ幽霊　8〉

こういう発想をした人はいままでにいなかったのではないでしょうか。鳥瞰《ちょうかん》する闇を泳ぐ多数の幽霊にも、表題作のうろこ雲状のイメージが重なってきます。

〈頭のなかに茸がぎっしり詰まっては冷蔵庫のようで眠れやしない　5〉

ほかならぬ作者の頭の内側にも、うろこ雲状のものは容赦なく侵入してきます。子供はさまざまな分節化をすることで世界を少しずつ認識していきますが、その成人はもはや意識しなくなった分節化の記憶やイメージがこの歌人には過度に残存していて、時として奇怪な作品に結実するのかもしれません。

〈おそろしきひたすらということがあり樹は黒髪を地中に伸ばす　8〉

樹木が土中に根を張っています。それがいつしか、ひたすら伸びつづける黒髪という怖ろしいイメージに変容してしまいます。これもまたこの歌人ならではの飛躍でしょう。

〈生まれえざりしおみなごあまた山に咲きこわいからわれら桜と言えり　1〉

美しい山桜も、この歌人にかかると怖ろしい背景を与えられます。そこで咲いているのは、生まれることができなかった娘たちのたましいなのです。この歌に接することによって、これからは桜を見る目が変わってくるかもしれません。そんな認識のショックを含む作品です。

〈みずからの斬らるる音を聞きとめし耳たちか塚の奥でひしめく　8〉

ゴッホが自らの耳を斬り落としたことを踏まえているのかもしれませんが、怖るべき飛躍でおぞましい闇の光景へといざなわれてしまいます。斬られた耳がその音を聞き止めるというおよそありえない事態が平然と起こり、その耳が塚の奥でひしめくのですから、絶句するような力業です。

〈さうだわたしは赤いとんぼであつたのだ窓をぬけ出たむすうのわたし　5〉

自我はいきなり解体され、無数の赤いとんぼになって窓の外へ流出していきます。作者が身体を自由に動かせない難病であることを考えると、自由への希求が表出された歌とも受け取れますが、分節化以前の未分化な状態への回帰という解釈もできるでしょう。

〈山火事のごとく踊るよばんばらばんドッペルゲンガーばんばらばんばん　5〉

ドッペルゲンガーとは自己像幻視のこと。自我は完全に解体され、無数の自己像が山火事のように踊る奇怪な祝祭が繰り広げられます。読者の脳まで解体され、やにわに踊り出したくなるような怪作です。

〈わが首はぐらぐらと揺れ村祭象の仮面の人ら騒ぐも　8〉

これも不気味な祭りです。ぐらぐら揺れる首だけの作者は、村祭の神として崇められているのでしょうか。なぜ村人は象の仮面をかぶっているのでしょう。まるで前衛ホラー映画の一シーンのようです。

〈自分が子を殺すさま想像できますか想像しながら家の鍵まわす　6〉

一転して、こちらはサイコスリラーでしょうか。扉が開いていざ顔を合わせると、優しい顔のお父さんだったりするのでしょう。

〈鬼いかにこはくとも地におとしたるかげはへうめんにしかあらざる　1〉

　これはホラーの見せ方とも一脈を通じています。平面にすぎない地の影がまず視野に入り、視線の先に怖ろしい鬼の姿が浮かび上がります。鬼の正体を最後まで明かさないほうが恐怖度は増しますが、ちょっと作為が透けて見えるかもしれません。

〈絶叫をだれにも聞いてもらえずにビールの瓶の中にいる男　8〉

　わが身がこのような状況に陥ったらと思うとたまらなくなります。これは想像を絶する苦しみでしょう。

〈死をおそれつづけて白き視野なるかなんとなくわれの頭《ず》はアルミ缶　4〉

　ビール瓶の次はアルミ缶です。死への怖れを詠んだ歌は数多く詠まれてきましたが、これはまた奇妙なところに着地します。

〈冬銀河を密閉したる〈空き部屋〉に発見されずに死にたくば来よ　8〉

　同じ密閉空間でも、これは恐怖ばかりでなく美と法悦も内包しています。冬銀河を密閉したる〈空き部屋〉とは、ほかならぬこの宇宙のことかもしれません。

〈みな死後とおもひてゐたりただだれの死後とはわからざるままに雪　1〉

　思わず粛然とする歌です。降りしきる雪の一片一片がたましいのようです。地に落ちれば世界は雪の死後ですが、もはやだれの死後なのか判然としません。

〈越えがたい死魔の領域〉という沼に生い茂ってゆけ夜の羊歯類

早坂類《はやさかるい》
（一九五九〜）

この夜の羊歯類はどこから生い茂ってきたのでしょう。どうもこれは外界ではなく、人間の内面から少しずつ伸びてきたもののように思われます。不可知なる死魔の領域が完全に埋めつくされてしまえば、心安んじて眠ることもできるでしょう。印象深い絵になりそうな一首です。

〈異界への案内役をするらしい満月の夜をあるくかまきり　3〉

この作品も特異な遠近法が用いられています。満月を背景に、異界への案内役をするかまきりのシルエットは異様に大きく映し出されています。

〈ほらそこに巨大な生き物がいて　それは吠えている　角を曲がった　3〉

大きいものといえばこの歌。二つの一字空きを経ることによって、巨大な生き物は少しずつ近づき、ついには角を曲がって異形の姿を現すのです。視覚的効果が存分に使われた作品です。

みずあびの鳥をみている洗脳につぐ洗脳の果てのある朝

穂村弘《ほむらひろし》（一九六二〜）

現代短歌のトップランナーの一人による、永遠に解けない謎のような一首です。洗脳につぐ洗脳は終わったのでしょうか。それとも、「みずあびの鳥をみている」ということ自体がまだ洗脳の一環なのでしょうか。いずれにしても、洗脳以前の世界には戻れそうにありません。

〈「殺虫剤ばんばん浴びて死んだから魂の引取り手がないの」　3〉

そんなことをやにわに訴えられても困ります。発言の主体が何で、いまどういう状況に置かれているかは、あまり想像しないほうがよさそうです。

〈酢になったテーブルワイン飲み干せば確信犯の眼差し宿る　5〉

ずいぶん長く思案した末の決断のようです。いったいどんな犯罪なのでしょうか。

〈恋人の恋人の恋人の恋人の恋人の恋人の死　4〉

関係性が遠のくにつれて悲劇性が薄れ、逆に乾いた恐怖が生じる構造になっています。

産むあてのない娘の名まで決めている
狂いはじめは覚えておこう

林《はやし》あまり
（一九六三〜）

覚えておこうとしても、果たして効果はあるのでしょうか。そのうち、いるはずのない娘に話しかけたりするようになるかもしれませんが、同じ自我の延長線上にいます。いかに起点だけ記憶しようとしても、いざ自我が崩壊してしまえば、その記憶それ自体が埋没してしまうことでしょう。

この作品が収録されている歌集は『最後から二番目のキッス』。アメリカのSF作家フィリップ・K・ディックの『最後から二番目の真実』を踏まえていて、作者もあとがきでファンであることを明言していますが、なるほどディックの崩壊感覚と一脈を通じています。

〈誰よりもきれいな死体になるだろう
それが理由で愛した少女　6〉

もう一句なら、この作品。これまた「その先」を想像してしまう世界です。

看板の下でつつじが咲いている　つつじはわたしが知っている花

永井《ながい》祐《ゆう》
（一九八一〜）

ディックの名前が出た流れで言いますと、まるでアンドロイドの思考の流れを言語化したかのような作品です。

花の名前にあまり詳しくない人間でも、つつじは認識がわりと容易な花です。「わたしでもあの看板の下で咲いている花ならつつじだと分かる」というありふれた意味内容でも、表出の仕方によってはこのような乾いた不気味さを漂わせることができます。

〈夕焼けがさっき終わって濃い青に染まるドラッグストアや神社　1〉

こちらもありふれた光景ですが、ドラッグストアと神社を並列することによって、そこはかとない異物配合の効果が生まれています。

〈あの青い電車にもしもぶつかればはね飛ばされたりするんだろうな　4〉

だれもが一度は考えたかもしれない瞬間の思考を見事に掬《すく》い取った、代表作の一つです。ことに「たり」の距離感と存在感覚の稀薄さが絶妙です。

第6章 負の情念

「スーパーナチュラルなものより人間のほうが怖い」「いちばん怖いのは人間だ」などとしばしば主張されます。その場合の人間の怖さを凝縮すると、抽出されてくるのは「負の情念」ではないでしょうか。

この章では、そういったマイナスの感情があふれる歌を集めてみました。

人皆の箱根伊香保《いかほ》と遊ぶ日を庵《いお》にこもりて蠅殺すわれは

正岡子規《まさおかしき》
（一八六七〜一九〇二）

バシッ、という蠅たたきの音が聞こえてきそうな歌です。病気で動くこともままならない鬱屈した感情が如実に表れていますが、子規が詠んだ負の情念の短歌はさほど多くありません。

表題作を含む連作「われは」には、ほかに次のような歌が含まれています。

〈富士を踏みて帰りし人の物語聞きつつ細き足さするわれは〉
〈吉原の太鼓聞えて更くる夜にひとり俳句を分類すわれは〉

健常な肉体を持つ者に対する羨望の情はあるものの、自らを客観視し、滑稽化する優れたまなざしも子規は持ち合わせていました。足をさすったり俳句を分類したりする子規の手の動きまで伝わってくるかのようです。

いずれにしても、表題作は現代人にもすぐ伝わる負の情念が初めて表現された画期的な歌かもしれません。

妹の日記をあけて読み居しが又下りて行く暗き階段

近藤芳美《こんどうよしみ》
（一九一三〜二〇〇六）

戦後派の旗手として活躍し、のちに文化功労者にも選ばれた大歌人の膨大な作品からこの歌を選ぶのはいささか気が引けるのですが、魔が差したかのように妹の日記を読みふけり、また暗い階段を下りていく情景が妙に印象深く、表題作に採ってしまいました。これも青春のひとコマと言えるでしょうか。

〈漠然と恐怖の彼方にあるものを或いは素直に未来とも言ふ　7〉

明るいイメージではなく、「漠然と恐怖の彼方にあるもの」という未来のとらえ方はリアルです。情に流されないこういう視点は作者ならではです。

〈人間存在にゆるさるる時間つかのまを宇宙の虚無と虚無とのあわい　7〉

大きな広がりのある世界です。一人の人間も人類も、深い虚無のあいだで生きています。

〈答えなどの返るはずなき生死への問いの怖れの一生ようやく　5〉

晩年の一首。怖れつつ過ごした一生がようやく終わろうとしているという深い感慨です。

口にては祝い心にて呪うむなしきそらに春雨ぞふる

原田《はらだ》禹雄《のぶお》
（一九二七〜）

よく似ている字の例はいくつもありますが、「祝」と「呪」もその一つです。口では歯の浮くような祝辞を述べていても、内心では呪っていることもあるのですから、うわべの笑顔を信用してはいけません。冒頭の「口」が「呪」の偏になっているという構造も効いています。

本業は医学者で、ラテン語や学術用語などを駆使した難解かつ絢爛《けんらん》たる作風ですが、比較的平明で絵画的な秀歌も詠んでいます。

〈かくてこの死の上に枯るる骨の上に汝が注ぐ瞳《め》こそ夜の虹　1〉

術語が用いられていないがゆえに平明ではありますが、韻律は独特で、絵画のみならず重層的な音楽も彷彿させます。

〈この島にとどまり波のよるひるに我この骨よりも死をこいねごう　4〉

一首に流れる時間の経過と状況が分かったとき、絶望の波が届くという異色の構造です。

男の子なるやさしさは紛れなくかしてごらんぼくが殺してあげる
平井弘《ひらいひろし》
（一九三六〜）

害虫でしょうか、女の子がもてあましていたところ、男の子が笑みを浮かべて近づき、「かしてごらんぼくが殺してあげる」と申し出ます。

ただそれだけの内容ですが、この作品の怖ろしさの射程は意外に深いように思われます。男の子のやさしさと善意に基づく代理殺害行為。それをごく平然と許容している日常。その延長線上には、戦争すら存在するような気がしてなりません。戦慄の一首です。

〈はね毟ることより鶏の生きかえることが怖ろしくていもうとよ　4〉

土俗の闇を感じさせる村を舞台とした連作より。これもまた戦争体験が色濃く照射されています。農家で鶏の羽を怖れながらむしっている妹の姿に戦場の兵士がオーバーラップするのです。

〈兎そのほかの硬ばるいくつかの顔のうしろのしょうめんたあれ　4〉

連作中、最も恐怖度が高い歌。その顔は、はっきりと見定められないかもしれません。

元旦に母が犯されたる証し義姉は十月十日の生れ

浜田《はまだ》康敬《やすゆき》（一九三八〜）

冷ややかで暗いまなざしの歌です。「怖い短歌」ではありませんが、初期の代表作の一つ〈豚の交尾終わるまで見て戻り来し我に成人通知来ている〉にも、同じような青年期特有の暗いまなざしを見てとることができるでしょう。

〈ここ数年家系に不幸なく過ぎて今年は誰か死ぬ予感せり　4〉

その後の作品にも抒情の対極にある乾いた感情が折にふれて表れます。こういう予感はえてして当たったりするものです。

〈次々と握手を交わす人群の中に死人のごとき手もある　4〉

何かのパーティでしょうか。笑顔で握手を繰り返しながらも、作者は妙に醒めています。本当に死者が交じっていたら怖いですが。

〈練炭に七つの穴が開いている練炭心中で七人が死んだ　4〉

これも乾ききった救いのない世界。思わず酸素を吸入したくなります。

心燃えたたする紅葉いま出でて戸隠山の鬼女にて候

藤井《ふじい》常世《とこよ》
（一九四〇〜二〇一三）

山中智恵子や馬場あき子など、鬼女短歌の系譜というものがあります。お隣の俳句に目を転じてみると、三橋鷹女《みつはしたかじょ》が〈この樹登らば鬼女となるべし夕紅葉〉という一世一代の傑作を詠んでいます。

そういった作品群に伍してもいささかも引けを取らないのがこの作品です。鷹女の俳句とは逆に、まず紅葉にスポットライトが当たり、最後に正真正銘の鬼女が登場します。謡曲の文体を意識した韻律は破調にして流麗。しかも、常ならぬ作者名まで作品の一部をなしている完璧な一首です。ちなみに「常世」は本名で、常世国の概念を世に知らしめた折口信夫が名づけ親なのですから、これ以上の由緒はありません。

〈いつか誰かをあやめざりしや手を洗ひ口を拭ひてゐる心地する　6〉

こちらは平然と日常生活を送っている鬼女でしょうか。過去の凶行の記憶はいつのまにか遠のいてしまいました。あるいは、内なる鬼女を封印してきた女の述懐でしょうか。

ひら仮名は凄まじきかなはははははははは母死んだ

仙波龍英《せんばりゅうえい》（一九五二〜二〇〇〇）

人の感情は不思議なもので、あまりにも悲しみが深いと、逆に笑い出したくなってしまうことがあります。

これは作者が母を亡くしたときの慟哭《どうこく》の一首。単に悲しみを表出するばかりでなく、言葉遊びも含まれているところが凄まじい。まさに歌人のすべての存在の重みがかかった渾《こん》身《しん》の一首と言えるでしょう。

〈夕照はしづかに展くこの谷のPARCO三基を墓碑となすまで　1〉

若くしてデビューした作者の歌人としての代表作の一つ。渋谷のパルコが墓碑に変貌する印象深い光景です。自身もサブカルチャー系の雑誌などでライターとして活躍し、のちにホラー小説なども手がけましたが、晩年は不遇のうちに早世しました。

〈われといふ時計は疾《と》うに停止して「なぜにおまへは生きてゐるのだ？」　5〉

これは悲痛な声が聞こえるかのような作品。未完の才能が惜しまれます。

人ひとり殺したきとき臨界に近き感情秋刀魚を焦がす

田中槐《たなかえんじゅ》
（一九六〇〜）

『猟奇歌』なら「君一人かい……」とおあつらえ向きに友がたずねてきましたが、この歌の世界はどこまでも現実です。「臨界に近き感情」という字あまりに抑えきれない感情が表れています。

〈わが内のあなたは異物憎しみの針千本を飲みくだしたり　6〉
　これも迫力のあるイメージです。憎しみも殺意もこうして表現されてしまえば多少なりとも浄化され、現実の行為に結びつくことはありません。

〈死に方のいくつか思ひいくつかを「これはないな」と削除してゐる　4〉
　こちらは自分に向けられた殺意ですが、これならまだかなり余裕がありそうです。

〈魔がさして開けてしまった小部屋には黄の色の花見事に撒かれ　8〉
　鮮烈なイメージの作品。葬儀場かとも思ったのですが、小部屋というのが謎です。永遠に解けない謎の光景ということでいいのかもしれません。

三万で買いし女のいとしくてガス・バーナーでガングロにする

森本平《もりもとたいら》
（一九六四〜）

短歌の世界では珍しいスプラッター映画を彷彿させる連作の一首です。血しぶき映画の帝王と呼ばれたH・G・ルイスの世界を連想させる悪趣味さですが、欲望のままに行われる個人の暴力と体制による見えざる暴力とを鋭く対峙させる批評精神が根底にあります。

〈池袋　窓に映れる生霊の口の動きを読めずに　目白　3〉
恐怖度ならこの歌。満員電車で身動きが取れず、ガラス窓を見ているしかないという状況です。そこにぼんやりと浮かびあがる生霊が何か語りかけているようですが、口の動きを読み取ることができません。これは想像すると怖い。「目白」が「白目」に空目してしまうのも怖ろしさに拍車をかけています。

〈だんだんと〈恐怖〉の顔が見えてくる粘液を曳き這い回る影　3〉
クトゥルー短歌に加えてもよさそうな作品です。〈恐怖〉とカッコ付きであるがゆえに、「顔」に対する怖れがさらに募ります。

ほんたうにふとい骨の子になりましてこれは立派なきがらになる

辰巳《たつみ》泰子《やすこ》
（一九六六〜）

子に対する母の感情は、必ずしも愛ばかりではありません。上の句は他人向けの顔で笑みを浮かべていますが、下の句では怖ろしいまなざしでわが子を見ています。

〈おもひ置き忘られし風の小石よりひとの怖さを識る恐山　6〉

歌集『恐山からの手紙』より。小石に置いた人の思いがこめられていたことは、記された文字で伝わったのでしょうが、何と書かれていたかは永遠の謎です。

〈立ちあがるわれの背後に兆せるは今朝殺めたる花首のかげ　6〉

思いが残っているのは死者も同じです。殺めてほっとしたと思ったのも束の間、その影はおもむろに背後に立ち現れます。

〈死人《しびと》焼くけむりひとすぢ情念は燃えざるものと　6〉

死者の体は焼かれてしまいますが、そのひとすじの煙に情念がいまだとどまっているかのようです。

時効まであと十五年　もしここで指の力をゆるめなければ

枡野《ますの》浩一《こういち》（一九六八〜）

『かんたん短歌の作り方』など、一般向けの入門書も多い人気歌人です。イラストとタイアップした歌集も多く、一見したところでは明るい印象ですが、短歌テキストだけを採り上げると存外に暗く、時としてこのようなどす黒い感情が盛られます。

〈殺したいやつがいるのでしばらくは目標のある人生である　6〉

目標のある人生がとかく称揚されますが、これはいかがなものでしょうか。

〈階段をおりる自分をうしろから突き飛ばしたくなり立ちどまる　2〉

これは「猟奇歌とその系譜」に加えた一首。階段を下りていく自分と立ちどまった自分、果たしてどちらが本当の自分なのでしょう。

〈人間は忘れることができるから気も狂わずに、ほら生きている　5〉

打たれた読点が最大限の効果を発揮しています。「ほら生きている」と浮かべた笑みは、うわべだけのものにすぎません。

貝殻をつまみあげたら貝じゃないか、と波打ち際に捨てられる貝

斉藤斎藤《さいとうさいとう》
（一九七二〜）

独特のドライな文体で現代短歌の最前線に躍り出た歌人です。表題作もいっそハードボイルドと呼びたいような世界。いったんは不特定多数から選ばれてつまみあげられた貝ですが、「なんだ、ただの貝じゃないか」とすぐさま捨てられてしまいます。一個の貝ばかりでなく、非情な世界で生きる人間の姿も背後に立ち現れてきます。

〈雨の県道あるいてゆけばなんでしょうぶちまけられてこれはのり弁　1〉

代表作の一つにも二重写しの構造が息づいています。読者の前に現れるのはぶちまけられたのり弁にすぎませんが、その背後に凄惨な事故現場、ひいては救いのない現在そのものが立ち現れてきます。

〈図書館で借りた死体の写真集をめくった指でぬぐう目頭　6〉

半ば恫喝的に差し出された一首。さまざまなニュースに反応する現代人は似たようなことを行っているとも言えそうです。

ポケットに手を突っ込んで歩きゆくおとこの上に身投げがしたし
野口《のぐち》あや子《こ》
（一九八七〜）

殺意が盛りこまれた短歌には多くの作例がありますが、これは自殺願望とないまぜになった異色作。こういった意外な発想が随所に見られる歌人です。

〈白いシャツにきれいな喉を見せている　少し刺したらすごくあふれる　6〉

無邪気な殺意、もしくは殺意未満の感情です。笑みを向けられていても、実は「刺したら血があふれてきれい」と思われているのかもしれません。

〈がらんどうの君の一部になりたくて手始めにまず両足を切る　5〉

これはさらにただならぬ感情です。人体を損壊しつくしてしまえば、虚無を共有できるということでしょうか。

〈えいきゅうにしなないにんげんどうですか。電信柱の芯に尋ねる　5〉

この歌はさらに難解です。上の句がすべてひらがなで表記されているのも不気味で、頭にこびりついてしまいそうです。

第7章 変容する世界

世界が変容してしまうという恐怖も如実にあるでしょう。
大規模な災厄によるものもあれば、
世界崩壊感覚がもたらすイリュージョンもあります。
この章は、どちらかと言えば大作絵画の多い展示室でしょうか。

五月来る硝子《がらす》のかなた森閑と嬰児《えいじ》みなころされたるみどり

塚本邦雄《つかもとくにお》
（一九二〇〜二〇〇五）

前衛短歌の雄にして無類の博識を誇り、多方面にわたって大伽藍のごとき業績を遺した歌人の膨大な作品から「怖い短歌」の表題作を選ぶのは至難でしたが、代表歌集の『緑色研究』から採ることにしました。

この戦慄の世界では多くの「二重写し」が息づいています。まず、「ごがつ」と「がらす」、とりわけ「ご」と「が」の強い連打で開示される世界は、硝子窓のこちらと向こう側の二重写しになっています。言葉に就けば、嬰児は「みどりご」とも読むことができます。実際に広がっている「みどり」のなかにおびただしい数の「みどりご」のなきがらが二重写しになって潜んでいるのです。

さて、作者は聖書に造詣が深いことで有名ですが、歌に詠まれているのはイエス・キリストの誕生を怖れたヘロデ王による幼児大量虐殺であるというのが定説となっています。しかしながら、鏡のような硝子窓の二重写しのマジックによって、読者は違う光景を視て戦慄することになります。森閑とした音のない世界は、遠くの消息をただちに伝えます。いまこの瞬間にも世界の各地で虐殺されている嬰児たち。それを隠蔽している美しい緑。怖ろしい虐殺の悲劇は遠い過去に封印されたままではないのです。

〈揚雲雀そのかみ支那に耳斬りの刑ありてこの群青の午《ひる》　7〉

この歌でも、現在は過去からの光によって侵犯されます。揚雲雀《あげひばり》は甲高い声で鳴きます。その声に、だしぬけにある怖ろしい幻聴が重なってきます。その昔、中国で行われていた耳斬りの刑です。ざくっと耳を斬る音と、放たれる甲高い悲鳴。揚雲雀の鳴き声が時空を隔てた惨劇を一瞬だけ呼び覚まし、また現在の光景に戻ります。「そのかみ」が剃刀を連想させるのも二重写しのマジックでしょう。

耳が斬り落とされるのと同時にほとばしる鮮血。その赤と真昼の群青の空との対比が実に鮮やかです。

〈くちなしの実煮る妹よ鏖殺《おうさつ》ののちに来む世のはつなつのため　7〉

この作品では、現在と不吉な未来が二重写しになります。くちなしの実を煮て黄色く染める作業は実際に行われますが、それがまるで魔女の妖術のように感じられてきます。鍋の中でくちなしの実が煮えるさまに終末の鏖殺（皆殺し、ジェノサイド）の光景が二重写しになり、黄色はひとたび終末を迎えたあとのはつなつの光の色に変容します。

〈はつなつのゆふべひたひを光らせて保険屋が遠き死を売りにくる　4〉

同じ現在と未来が二重写しになる「はつなつ」の歌でも、こちらはいたって分かりやすい不気味さです。いかに口当たりのいい言葉を並べていても、保険屋が売りにくるのは「遠き死」なのです。

〈理髪店まひるとざして縛めし青年の皮剝げる火曜日　2〉

こちらは猟奇の歌。先述したとおり、志賀直哉に「剃刀」という怖ろしい短篇がありますが、剃刀を扱う理髪店というのは不気味なものです。真昼に閉め切った理髪店では、想像するだにおぞましい所業が行われていました。閉まっている理髪店の前を通りかかるたびにふと思い出されてきていやな気分になれる歌です。

〈痙攣《ひきつ》れる死鶏の眼、輪唱の　輪唱の輪のひろがるなかに　4〉

この輪唱は怖ろしい歌を唄っているのでしょうか。私にはどうもそうは思えません。むしろ逆に、明るい希望に満ちた、神や人類の叡智《えいち》を讃えるような歌詞のような気がしてならないのです。鶏を殺したのは、輪唱が持つ無垢な同調圧力のようなものなのかもしれません。痙攣った死鶏には、この世界に融和できない痛ましいたましいが投影されています。

老一人《おいひとり》指さす空に　底知れぬ恐怖をかもす根源が　見ゆ。

松宮静雄《まつみやしずお》
（一九二六〜二〇一四）

SF短歌という独創的なジャンルを切り拓き、「フロンティア」というファンジンを創刊するなど、先駆的な業績を残した人です。

『残像』などの普通の歌集も上梓《じょうし》していますが、SF短歌ではまったく違う文体が採用されています。壮大な叙事詩のパーツとして短歌の形式が採用されているのが特徴で、通常の短歌作品では用いない句読点や一字空きや記号なども臆せず使用されています。それだけに表題作を絞るのは至難でしたが、連作「地球果つる日」から採ってみました。

老人が驚愕《きょうがく》の表情を浮かべて指さした空の一角に、「底知れぬ恐怖をかもす根源」が怖ろしい姿を現しました。それが、地球最後の日の始まりだったのです。「見ゆ」の前の一字空きが最大限の効果を挙げています。

〈永劫の闇かとおもふ。存在も　時間・空間も　意味なさぬ　虚無！　7〉

表題作と同じ歌集『SF短歌　ウルの墓』に収録された連作「宇宙史略」の一首です。

むろん、これまた壮大な壁画のごく一部分にすぎません。通常の短歌作品なら荒っぽく感じられるかもしれない筆遣いがかえって効果的です。

ここでも一字空きと句点を含む記号が躍動しています。〈永劫の闇かとおもふ存在も時間空間も意味なさぬ虚無〉とすべて外してみれば、ひどく平板な歌になってしまいます。

ふと想起したのは富澤《とみざわ》赤黄男《かきお》の前衛俳句〈草二本だけ生えてゐる　時間〉ですが、富澤作品の一字空きがひたすら沈痛で重いのと対照的に、松宮作品の一字空きには活劇が内包されています。

〈宇宙空間遠く来て、今　わが艇は　近接連星奇しきに遇ふ。　7〉

もう一冊のSF短歌集『SF短歌　時空彷徨』に収録の連作「特異連星系にて」の一首です。宇宙空間をはるばるやってきた宇宙艇の前に、怪しく連なった星が現れます。ここからまた暗色のスペースオペラが始まるのです。

〈ひっそりと世の片隅に生きる　ぼく。なぜか　クローンともう知れていて　5〉

作者が遺したのは活劇系の作品ばかりではありません。「クロトン哀歌」の一首には、ペーソスとないまぜになった等身大の恐怖が表現されています。なんとも苦いシチュエーションです。

うすぐらき階段を昇れども昇れども地上に至らずゆめさめずして

多田智満子《ただちまこ》

（一九三〇〜二〇〇三）

硬質な言語感覚に秀でた詩人です。ユルスナールをはじめとする翻訳や『鏡のテオーリア』などの評論、多彩な業績に隠れてあまり目立ちませんが、句集と歌集も遺しています。

これは連作「夢の墓室」十首のうちの一首。昇れども昇れども地上に至ることのない階段の歩みとともに、読者に魔法がかけられます。

〈夢に見し暗き廊下をまたも辿るほのじろきドアをいくつか過ぎて　7〉

さらにその先へと悪夢は際限なく続いていき、ついに最も怖ろしいものが出現します。

〈銅鏡一面ひそかに光る玄室にわれわが骨と向き合ひて坐せり　7〉

玄室とは横穴式の墓室のこと。骨が自分のものだと認識した瞬間に世界は変容します。ラヴクラフトの暗鬱なファンタジー短篇のクライマックスを見るかのようです。

〈水死者は黒髪ひろげうつ伏せに夜の水底《みなぞこ》にまなこひらける　4〉

連作以外ならこの歌。うつ伏せのまなこを下からとらえる視点も秀逸です。

たとへば君晨《あした》起きいで窓掛を引けば世界は終りてゐずや

高橋睦郎《たかはしむつお》（一九三七〜）

多田智満子の遺歌集を編纂したのが親交のあったこの人。才は才を知ると言うべきか、こちらも本業の詩ばかりでなく、俳句と短歌にも優れた業績を遺しています。

表題作は歌集『待たな終末』より（「待たな」は待つことにしようという意味）。朝起きて窓のブラインドを引いてみたら、世界は何の前ぶれもなく終わっているかもしれません。いったいどんな光景が見えるのでしょう。窓の向こうの世界が明日も平然と続いているとはかぎらないようです。

〈あな世界終んぬとこそ立ちつくす身はすでにして塩の柱か　7〉

「うわ、世界が終わってしまったぞ」と目を瞠《みは》って立ち尽くしたのも束の間、その身は『旧約聖書』にも登場する塩の柱に変貌してしまいます。実に自在な詠みぶりです。

〈いまここを海嘯襲はば恍惚《あくがれ》と恐怖《おそれ》のうちにわれら呑まれむ　7〉

終末に対する願望と恐怖がこの一首の内に凝縮されています。

土手降りて橋の腹部をつくづくと見上げる　世界は終はつてゐた

佐藤通雅《さとうみちまさ》
（一九四三〜）

世の終わりの証は、日常と地続きのところにさりげなく存在しているのかもしれません。橋梁の腹部に表れている世界の終末には妙なリアリティがあります。文字や記号が記されていたのかもしれませんが、何と書かれていたかは永遠の謎です。

〈いつの日か世界終はらば喨々と吹きやらむため金の管楽　7〉
世界が終わってしまうのなら金管の音も響かせられないはずですが、この喨々《りょうりょう》たる音は妙にリアルに響いてきます。

〈一国をひしひし侵す死影とは　首垂れて闇を過《よ》ぎる牛群　4〉
音の次は映像もしくは絵です。闇にまぎれて通り過ぎていく牛の群れは、一国が滅びゆく前ぶれでもありました。

〈ぎしぎしと本の並べばもはやはや本とも思へず書店怖ろし　1〉
最後にまた日常と地続きの恐怖を。視点によって見慣れた光景はたやすく変容します。

ひとひらの雲が塔からはなれゆき世界がばらばら　らになり始む
香川《かがわ》ヒサ
（一九四七〜）

上の句はいたって穏当ですが、一字空きの魔力によって世界は思いがけなく変容します。ばらばらの初めの「ら」と次の「ら」がもう連続することはありません。

〈新しき光の下に万象が新しくならば怖ろしからむ　7〉

その光にイデオロギーの色が加わっていたら、さらに救いのない世界かもしれません。

〈石壁に沿ひたる細き石道を人ひとり行けば死者も行くべし　3〉

歌集のタイトルはすべてカタカナで、装幀は著者によるフランス装というスタイリッシュな歌人です。この歌も地中海的な光景ですが、細い石畳の道のうしろからついてくる人の気配をふと感じることがあるかもしれません。

〈精神はくらがりにこそ置きたきに製薬会社のビルの夕映　1〉

向精神薬を製造する会社のビルが夕焼けに照らされ、影を長く伸ばしています。人体と精神の関係が縦にぐっと引き延ばされたかのような印象深い光景です。

空港も未来も封鎖。だって、全人類一気に老ゆる夜《よる》、だぜ
石井《いしい》辰彦《たつひこ》
（一九五二〜）

現代詩（一行詩）としての短歌を標榜《ひょうぼう》し、形式の可動域を野心的に広げている歌人です。表題作は『全人類が老いた夜』より。壮大なSFパニック映画の一シーンのようですが、ハードボイルドタッチのナレーションで爽快感もあります。こんな世界が短歌形式で描かれたのは前代未聞でしょう。

〈なにもかも潰えて落ちちよ。人類の静かに恐怖する真夜中に――　7〉

これも同じ連作より。すべてが崩壊していく一大カタストロフです。

〈転寝《うたたね》にこの身に蛆が涌く夢を見た。それも総天然色で　5〉

こちらは壮絶な悪夢。想像すると思わず眉をひそめたくなります。

〈探偵も殺し屋も支那人にして去りゆく翡翠色の沓音《くつおと》　1〉

『現代短歌大系』の新人賞で颯爽《さっそう》とデビューした初期作品から。「探偵小説に中国人を登場させるべからず」というノックスの十戒を逆手に取った企みのある作品です。

しゅんかんの大量死つねに轟音の中に起こるやテロも津波も
松平盟子《まつだいらめいこ》（一九五四〜）

「瞬間」という漢字表記だったら、怖ろしい映像はこんなにもリアルに喚起されなかったことでしょう。「しゅんかん」のひらがな五文字の中に、大量死の人体が飛び散るさまが見事に表現されています。

〈にんげんの腐臭を避けるマスクかけ少年が捜す父母の記憶を　7〉
スマトラ沖大津波の光景を詠んだ一句。ここでも「にんげん」というひらがな表記が効いています。それはもはや確固たる形を備えた「人間」ではないのです。

〈ぬばたまの殺意の芽おもう今ぐいとおまえの眉間を貫《ぬ》き出た尖り　5〉
自分の殺意かと思いきや、「おまえの眉間」と指を突きつける転換ぶりに意外性があります。黒にかかる枕詞で始まる歌い出しとの文体のギャップも秀逸。

〈死はつねにしずかなる波うちはなち渚のわれのくるぶし濡らす　4〉
そのうちに大きな波が襲ってくるのかもしれません。感じの出た「怖い短歌」です。

にぎやかに釜飯の鶏ゑゑゑゑゑゑゑゑゑひどい戦争だった

加藤治郎《かとうじろう》（一九五九〜）

ニューウェーヴ短歌の旗手による、瞠目《どうもく》すべき重層性を有する作品です。

まず「にぎやかに」を額面どおりに受け取ると、「ゑ」は釜飯の器をかたどり、笑みを浮かべる鶏の顔が立ち現れてきます。しかし、「ひどい戦争だった」によって世界は衝撃とともに反転し、「ゑ」は鶏たちの悲鳴と苦悶の光景に変容するのです。短歌はここまで重層的な世界を盛りこむことができる器なのです。

〈あ、う、近いです、それ、ペコちゃんの潰れた顔が銀紙にあり　3〉

上の句はいったい何を訴えたいのでしょう。銀紙の潰れたペコちゃんの顔に近いものが発話の主体だったとしたら、にわかに怖ろしくなります。

〈声がする。きみの背後に気をつけろ。うすむらさきの唇がある　3〉

うすむらさきの口紅を塗った女性が何か声を発していると考えれば日常は地続きのままですが、唇それ自体、しかも巨大な唇が背後の闇に浮遊しながら動いているさまを想像すると戦慄を覚えます。

〈怖いのは思い出すこと指先でセロファンテープをぴっとひくとき　5〉

思い出すのが怖い記憶とは何でしょう。指先に後ろ暗い力をこめた体験が過去に隠されていたりするのでしょうか。

〈かんちがいされていませんかとぼくに言う血まみれのミッキーマウス　3〉

我に返った自分の手には血に濡れたナイフが握られているのかもしれません。悪夢のなかの一シーンのようです。

〈生還したあなた、あなた、足もとのぼんやりしたの、だれの影なの　3〉

これも不気味なシーンです。発話しているのは当の影なのでしょうか。あなたとの関係はどうなっているのでしょう。どうしても解けない謎のような作品です。

〈死に方に脅迫観念あると思う俺は首つり首吊りてえ　5〉

穏やかなフォームから、最後に口語の黒い直球が飛んできます。

〈恐怖には匂いがありぬ一列に玩具のごとき頭がならぶ　7〉

珍しく採用された文語体が冷ややかな効果をあげています。恐怖の匂いとはいったいどういうものなのでしょう。それを感じている主体は果たして正気なのでしょうか。

方舟《はこぶね》のとほき世黒き蝙蝠傘《かうもり》の一人見つらむ雨の地球を

水原紫苑《みずはらしおん》
（一九五九〜）

美しい調べに乗せて描かれた大作絵画に登場している謎の人物はだれなのでしょうか。方舟と言ってもノアの時代からは遠く、何らかの恩寵《おんちょう》がもたらされた気配もありません。もう止むことのない雨を見つめている黒い蝙蝠傘の男は、ことによると世に終わりをもたらした張本人なのかもしれません。

〈大雪の明くる朝なり角折れし一角獣はひと殺しそむ　3〉

惨劇は厳粛に始まります。伝説の一角獣が殺戮《さつりく》を始めた理由は不明ですが、これも雪と血の色彩のコントラストが鮮やかな歌です。

〈あしひきの山百合あゆみいづるかたかがやきゐたり死者の学校　1〉

山にかかる枕詞から遠景がおもむろに近づき、死者たちの学校の灯りが浮かびあがります。「かがやき」のひらがな表記もこの優れた歌人の美意識で律せられています。泉鏡花の世界も彷彿させるひめやかな神秘が息づいている作品です。

語られてゆくべき大災害《マグナ・デイザスタ》はひめやかに来む秋冷の朝

黒瀬珂瀾《くろせからん》
（一九七七〜）

その後長く語られていく大災害の当日の朝は、何の前ぶれもなくひめやかに訪れます。おそらく例外なくそうだったでしょう。美しくも怖ろしい世界です。

〈中心に死者立つごとく人らみなエレベーターの隅に寄りたり　3〉

一転してこちらは、日常に潜むまぼろしの「向こうから来るもの」。ホテルのエレベーターではよくある光景ですが、この歌をふと思い出したら（ことに深夜に）何とも言えない気分になってしまいそうです。

〈天空にエスカレーター続くとき整然として死者の歯並び　7〉

こちらは死者とエスカレーターの印象深い取り合わせ。天空に向かって整然と続く死者の歯だけがいやに白く光っています。

〈僕たちは月より細く光りつつ死ぬ、と誰かが呟く真昼　7〉

このつぶやきは惨劇の予知でしょうか。背景に戦争の影も仄見える作品です。

ひゃらーんと青い車が降ってきて商店街につきささる朝

笹井《ささい》宏之《ひろゆき》（一九八二〜二〇〇九）

　この天から唐突に降ってきた青い車のように短歌の世界に飛来して、わずか二十六歳の若さで夭折した歌人です。その早すぎる死のあとも遺された短歌作品は多くの読者を獲得し、後続の歌人たちに大きな影響を与えています。

〈死んでいるいわしがのどをとおるとき頭のなかにあらわれる虹　8〉

いわしと虹、異質なものを出会わせて新鮮なポエジーを生むのは俳句的な手法かもしれません。ほかにも同じ構造の作例が多くあります。

〈これごっほ　ごっほのみみよ　これごっほ　ごっほのみみよ　がかのごっほの　5〉

ひらがなの「ごっほ」がリフレインされていくうちに狂気もまた募っていきます。

〈霊園にただ一度だけ鳴らされた無名作曲家のファンファーレ　8〉

生前の作者がつくっていたのはこのファンファーレのようなものだったかもしれません。

しかし、それは没後も変奏されながらさまざまな音楽を彩っています。

戦場を覆う大きな手はなくて君は小さな手で目を覆う

木下龍也《きのしたたつや》
（一九八八〜）

小さな手で目で覆い、見るまいとした戦場の光景はどんなに無残なものだったのでしょう。痛ましくも心に残る作品です。

〈幽霊になりたてだからドアや壁すり抜けるときおめめ閉じちゃう　3〉

一転してユーモラスな一首。こちらのほうが本来の作風でしょう。たしかに、なりたての幽霊にとってみれば試練の連続かもしれません。

〈大丈夫、大丈夫って言いながら吐くようにして死ぬかもなおれ　4〉

これは妙にリアルな死の光景。事故でも病気でもありうるでしょう。最後が「おれ」でぱたっと終わる文体も効いています。

〈生前は無名であった鶏がからあげクンとして蘇る　4〉

死の影をもう一つ。無名だった鶏に、死んでから初めて商品名が付与されました。現代短歌らしいドライで冷ややかなまなざしです。

第8章

奇想の恐怖

美術館の後半の展示になると、風変わりで当惑させられるような作品群が現れたりします。

この章では、人間の想像力が生む「奇想の恐怖」を表した作品を集めてみました。

触手の生えた不思議な海のいきものにわれれの裸体《はだか》の追ひかけられる

松本良三《まつもとりょうぞう》
（一九〇七〜一九三三）

クトゥルー神話、それもB級パルプホラーから抜け出てきたかのような一首です。戦前にわずか二十六歳で夭折した歌人の遺歌集にこの歌を発見したときは思わず快哉を叫びました。実際に見た悪夢を記述したのでしょうが、裸体が女性だったりすれば、これはもうまさしくパルプホラーの世界です。戦前にこんな作品があったとは驚きでした。

〈森のなかにたほれゐるわれのまはりより茸の類が夜夜に生れる　5〉

こちらはシュールな光景です。「われ」はもう死んでいるのでしょう。その周りに夜ごと茸が増えていきます。死を養分とする茸は底光りがしていそうです。

〈襲ひ来る鬼どもを見とどけてやらんため鏡の中に一夜を明かす　5〉

序文で前川佐美雄が早すぎる死を悼んでいますが、『植物祭』の異常心理に明らかに強い影響を受けています。〈四年前死にかけてゐた昆虫のまなざしが時にわが眼にやどる　5〉など、ほかにもいくつかの作例があります。返す返すも夭逝が惜しまれる歌人です。

すつぱりとわれの頭《かしら》を斬りおとすギヨテインの下《もと》でからからと笑ふ

石川信雄《いしかわのぶお》
（一九〇八～一九六四）

松本良三の遺歌集を編纂したのがこの人。前川佐美雄、齋藤史らと「日本歌人」を立ち上げ、新芸術派短歌を牽引《けんいん》した先駆的な歌人で、歌集『シネマ』は前川佐美雄の『植物祭』と並び称されたほどでした。

表題作のギヨテインはギロチンのこと。頭部はすっぱりと切断されているのになおも哄笑する男のイメージは、当時の読者に衝撃を与えたに違いありません。

〈われつひに悪魔となつてケルビムの少女も海にかどはかし去る　3〉

ケルビムは四つの顔と四つの翼を持つ智天使、それを海へ拉致してしまうのですから、さぞや怖ろしい姿をした悪魔でしょう。

〈窓のそとに木や空や屋根のほんとうにあることがふと恐ろしくなる　9〉

これはいまなおリアルな感覚かもしれません。風景がたしかにそこにあるのかどうか実在感が薄れ、それこそ「シネマ」のように感じられてくるのです。

何者か我に命じぬ割り切れぬ数を無限に割りつづけよと

中島敦《なかじまあつし》
（一九〇九〜一九四二）

夭逝した小説家の中島敦は多彩な短歌を遺しています。快男児だった側面がよく表れた愉快な歌もありますが、宿痾《しゅくあ》の喘息《ぜんそく》に苦しめられる夜の歌など、暗い歌も散見されます。ここで採り上げるのはもちろん後者。表題作は不可解な悪夢を描いた一首。あまり味わいたくない拷問です。

〈むかしわれ翅をもぎける蟋蟀が夢に来りぬ人の言葉《くち》きて　3〉

恐怖度ではこちらのほうかもしれません。翅《はね》のない蟋蟀《こおろぎ》が「よくもやってくれたな」と人間の言葉で恨み言を発したら卒倒してしまいそうです。

〈何故《なにゆゑ》か生埋にされ叫べども喚けど人は来らず　5〉

これは「早すぎる埋葬」の恐怖。しんしんと怖さが身にしみます。

〈叫べども人は来らず暗闇に足の方《かた》より腐り行く夢　5〉

死ぬだけではなく、自分の体が腐敗するのを感じなければならないとはまさに悪夢です。

ルドンの眼いつしかビルの谷に落ち物音絶えて都会は死んだ

加藤克巳《かとうかつみ》（一九一五〜二〇一〇）

オディロン・ルドンの代表作の一つ「眼＝気球」をモチーフにした歌です。絵では気球となった眼球が虚空を漂っていますが、この作品では爆弾のようにビルの谷間に落下し、そのせいで都市は死を迎えます。「都会は死せり」ではなく「都会は死んだ」という口語形の断定が余韻を残します。歌集『ルドンのまなこ』より。

〈無尽数の人間、物体、猛烈に回転しつつ天へ舞いゆく　7〉

膨大で多彩な作品を遺した歌人ですが、最も「怖い短歌」を含むのは第四歌集『球体』です。作者自ら「ネガティブな歌い方が多かった」と述懐する短歌群は、イメージの赴くままに半ば自動筆記的に詠まれています。この作品などは、迫力のあるタッチの大きな前衛絵画を彷彿させます。

〈からからとわらいきこえくる、石段の　上から下から　かくれられない　7〉

悪夢の一シーンのようです。石段の上か下、どちらか一方だけなら不気味な笑い声からも逃れられます。両方から来られたら、もういけません。

〈たわみきわまりしずかに折れてゆくまでをくりかえしくりかえし夢みつづける　7〉

永久機械のように同じシーンが反復されます。こういう悪夢を具現化したような装置もイメージできるでしょう。

〈哄笑の渦にもまれて片手あげつつしだいに世界のはてへ消えゆく　7〉

これもあまり想像したくない消え方です。どちらか選べと言われたら水の渦のほうがまだしもという気がします。

〈不気味な夜の　みえない空の断絶音　アメリカザリガニいま橋の上いそぐ　1〉

ことによると基地問題などの寓意《ぐうい》があるのかもしれませんが、不気味な映像作品としてまずは鑑賞してみたいと思います。

〈惨劇が街の暗きに　叫喚の幻聴　いな、床屋の渦巻き　8〉

続いて、『球体』以降の歌集から。剃刀を使う床屋、その渦巻く三色のサインポールから惨劇が連想されます。床屋幻想というのもささやかな恐怖のテーマになるかもしれません。

〈床やの隣りの肉屋豚肉が逆吊《さかづ》りだらりなま色をして　1〉

次は隣の肉屋です。「だらりなま色をして」という生な詠みぶりがかえって効果的です。

ひややけき彫刻台にかけのぼりまなこまで石化してゐたる犬

杉原一司《すぎはらかずし》
（一九二六〜一九五〇）

夭折の天才歌人を一人だけ挙げよと問われたら、少し迷って「杉原一司」と答えるでしょう。前川佐美雄に師事し、塚本邦雄とともに同人誌「メトード」を出していた才能あふれる歌人が二十三歳の若さで病没したのは、惜しみてもあまりあることでした。

表題作の犬の動きは実に清新です。ひんやりとした彫刻台の上に駆け上ってきた犬は、たちまち石と化してしまいます。動から静への一瞬の転換。そして、動かない石の犬のまなざしの深さ。才能のきらめきを感じさせる作品です。

この歌にかぎらず、塚本邦雄の作品として提出されてもいっこうに違和感のない短歌を杉原一司は何首も発表しています。塚本邦雄の影響を受けたのではなく、逆に杉原の作品を養分の一つとして塚本はあの大輪の花を咲かせたのです。この一事だけでも偉大なる先駆者だったと言えるでしょう。

〈とめどなく撞球台をあふれ出るなめくぢと窓に見える砂漠と　8〉

サルバドール・ダリの絵にありそうな幻想風景です。何か深読みをして意味づけする必要はないでしょう。シュールな光景をただ楽しめばいい作品です。

〈内面にあぶら蟲栖む階段を夜に日にくだるあめいろの液　5〉

こちらはぐっと画面が暗くなります。あめいろの液は世界が腐蝕している証でしょうか。暗鬱な心象風景とも考えることができそうです。

〈ゆびさきは繊毛となり核となり夜はとうめいな粘液となり　5〉

ここでも粘液が滴っています。指先から崩壊、いや、溶解していく人体に呼応するかのように、夜もまた透明な粘液となっていきます。幸薄い暗色の世界です。

〈孵卵器の卵くるしげに歪むころ不潔な神話世に流布しだす　8〉

奇想の恐怖に戻ります。いや、これは変容する世界かもしれません。この卵はどうもただの卵ではないようです。

〈雲ふかく没するほそき吊革にぶらさがつてるおびただしい手　8〉

蜘蛛の糸を彷彿させる光景ですが、シュールな絵には天に通じる奥行きがあります。

〈フラスコや振子はらばふ岩のかげ燈を消していま寝る深海魚　8〉

そして、世界は暗くなります。こちらは深海、これまた印象深い幻想絵画です。

地下鉄南北線とは鶴屋南北の異界へ続く鉄路であるか

藤原龍一郎《ふじわらりゅういちろう》
（一九五二〜）

人名を歌枕の地名のように織りこんでポエジーを生む技に長けた歌人で、膨大な作例がありますが、最も怖いのはこの歌。地下鉄の南北線という標示を見るたびに思い出して何とも言えない気分になります。

〈怪談の快楽を説く雑誌「幽」加門七海《かもんななみ》の写真が怖い　1〉

人名短歌からもう一首。カ行の音の連打が歯の打ち合わされる音を喚起します。

〈セレベスに女捨て来し俳人の虚無の日々その虚無の旦暮《あけくれ》（火渡周平）　5〉

短歌に人名を直接織りこまない作例もあります。元句は無季俳句の傑作〈セレベスに女捨て来し畳かな　火渡周平《ひわたりしゅうへい》〉。

〈木星の濃霧の底に断念の破片いくつもいくつも見える　8〉

人名以外の歌から。SFにも造詣の深い作者らしいイメージの作品です。破片を見ているうちに木星の濃霧に存在が包みこまれてしまいそうです。

吸血鬼よる年波の悲哀からあつらえたごく特殊な自殺機

高柳蕗子《たかやなぎふきこ》
（一九五三〜）

年老いて死にたくても死ねない吸血鬼が一計を案じました。吸血鬼といえば心臓に杭を打ちこまれて息の根を止められるのが常です。どうやらおのれの心臓に杭を打ちこむ特殊な自殺機械を考案したようです。吸血鬼はそれで首尾よく死ぬことができたのでしょうか。ペーソスも漂う一首です。

〈あばかれる秘密のように一人ずつ沼からあがってくるオーケストラ　8〉

これも奇想の一首。一人ずつ沼から上がってきたオーケストラはいったいどんな音楽を奏でるのでしょう。それは世界の秘密を暴く、いままで聴いたことがないほど沈鬱な音楽かもしれません。

〈夕暮れの少年探偵影二つ　五パーセントは幽霊を見る　3〉

謎めいた下の句ですが、一字空きのあとに世界は反転しているのかもしれません。二人の少年探偵が実は幽霊だったという解釈も成り立つのではないでしょうか。

窓口に恐怖映画の切符さし出だす女人の屍蠟の手首

江畑實《えばたみのる》
（一九五四〜）

このシーンこそが恐怖映画のオープニングなのかもしれません。本篇はどんな内容なのでしょう。わくわくするような幕開けです。

〈二十一世紀廃品処理場のすみに累《かさ》なるクローンの死屍　8〉

ヴィジョンの喚起力に秀でた歌人が見せてくれる光景はひと味違います。廃品処理場に重なっているのは廃車ではなく、目をうつろに開いたクローンの死骸です。

〈雑踏にゐてくらぐらと幻視する人面柱のならぶ廃墟を　8〉

これまた強烈なヴィジョンです。都会の雑踏も幻視のヴェールを通せばこんな怖ろしい光景に変容するのです。

〈ほほゑみに死の影させり青年がふいに絵日傘さしかけられて　4〉

この歌も映画の一シーンを彷彿させます。死へといざなう女優の不気味な微笑は長く記憶に残りそうです。

眼科医院の眼球模型むらむらと四肢生えて立ち上がる夜なきや

大塚寅彦《おおつかとらひこ》
（一九六一〜）

古い病院に置かれている人体模型や眼球模型は不気味なものですが、これはことに怖ろしい光景です。四肢が生えて立ち上がり、夜なかに徘徊する眼球模型。もし目撃したら、一生トラウマになってしまいそうです。

〈エスカレーター下りゆきつつその裏を上りゆく死者のあらむこと想ふ　9〉

それまでなにげなく行っていたことも、ある認識のスパイスを振られるだけで恐怖の対象に変容します。白い目を開いてエスカレーターの裏側を上ってくる死者の顔を想像すると、何とも言えない気分になります。実際に乗っているときにこの歌を思い出さないほうがよさそうです。

〈死者として素足のままに歩みたきゼブラゾーンの白き音階　4〉

横断歩道を渡っているときにふと思い出してしまいそうな一首。赤信号のときに思い浮かべたら剣呑《けんのん》かもしれません。

歌、卵、ル、虹、凩、好きな字を拾ひ書きして世界が欠ける

荻原裕幸《おぎはらひろゆき》
（一九六二〜）

ニューウェーブの旗手の一人による、まさに奇想の一首。

好きな字を拾い書きしていくと、その分だけ世界が少しずつ欠けていきます。聞こえなくなった歌、姿が見えない卵、そして、消えるル、虹……。世界から消えていくもののセレクションも詩的で絶妙です。

〈真理ひびく秋の巷にまぼろしとルビをふるべき日常がある　9〉

秋の街頭で宗教の宣伝車が真理を訴えています。その異質な声によって、見慣れた日常の風景は異化され、しだいにまぼろしめいて感じられてきます。この歌も世界の構造の外からルビを振る手が伸びてきます。

〈ゆふぐれにもつとも近き岬にて音もなくそれはぼくを攫つた　3〉

この作品も世界の外部から手が伸び、「ぼく」を拉致してしまいます。その主体が何であるか、明示されることはついにありません。

のっぽの男ひとり沈めておくのだから一番大きな甕をください

大久保《おおくぼ》春乃《はるの》（一九六二〜）

『いちばん大きな甕をください』という歌集のタイトルにもなっている衝撃の一首。笑顔で一番大きな甕をオーダーした女性の怖ろしい所業がのちに判明して戦慄を呼ぶという展開しか見えないのですが、何か致命的な誤読をしているでしょうか。

〈死はかすかにふるえるものとしてありぬエンジンキーをまわす右手に　9〉

日常のなにげない行為がすでに凶兆をはらんでいることがあります。致命的な事故を起こした日も、右手は何事もなくエンジンキーを回したはずです。

〈人という不可思議な生　もの言うごとに顔の配置をばらばらにする　9〉

言われてみればなるほどの一首。ただし、ものを言うたびに顔の配置を気にしたりはしないほうがよさそうです。

〈だんだらの横断歩道をすべりゆくうねうねと血を吐きつつ蝶が　1〉

不意に浮かんだ都会の幻視。色彩の対比も鮮やかです。

立たされたまんま死にたる子のために建立されし廊下地蔵や

笹公人《ささきみひと》（一九七五〜）

〈念力シリーズ〉などで一般読者にも人気の歌人です。ほかの短歌は読まなくてもこの人の本だけは読むという読者もかなりいることでしょう。

ヴィジュアルがすぐ浮かぶとっつきやすい作風であることも人気の理由の一つです。この表題作も、哀しくも怖ろしい、そしておかしくもある廊下地蔵の光景がありありと浮かんできます。

〈ランドセル揺らして逃げるきみの背にどんどんでかくなる夜の図書館　8〉

不変のはずの建物が、振り向くたびにどんどん大きくなっていたら、恐怖以外の何物でもないでしょう。いったいどうしてこんな事態になってしまったのでしょうか。図書館には来歴のはっきりしない怪しげな本が置かれていたりします。ことによると、この小学生は借りてはいけない本を借りてしまったのかもしれません。

〈夕焼けの鎌倉走る　サイドミラーに映る落武者見ないふりして　3〉

夕暮れの鎌倉をドライブするさわやかな風景ですが、ここに唐突に異質なものが出現します。まさしく「恐怖と笑いは紙一重」です。

〈池の主を刺身にしたる三郎の奇病あやうし夜の呻き声　3〉

これは因果関係のはっきりした作品です。奇病を発してしまった三郎はどんなおぞましい最期を迎えるのでしょう。

〈体育館で黒ミサにふける少女たちいっせいにわれに剣を向ける　1〉

入ってはいけないところに入ってしまいました。剣を向ける前に、少女たちは顔を上げていっせいにぎろっとにらんだかもしれません。

〈朝焼けの町は紫。息止めてオバケ薬局の前を過ぎたり　1〉

模型などが置かれている古い薬局は恐怖の対象だったものです。珍しくスーパーナチュラルな事象が起こらない、気配のみの歌です。

〈赤紙の貼られた家から暗くなる模型の町を逃げている俺　8〉

こちらはもう致命的な事態に陥ってしまっています。模型の町ですから、どこにも出口はないかもしれません。赤紙の貼られた家から暗くなっていく閉塞感にはただならぬものがあります。

校正を入れずに刷った時刻表通りに乱れ始める世界

岡野《おかの》大嗣《だいじ》
（一九八〇〜）

日本の鉄道の運行は正確なことで定評がありますが、そのもととなる時刻表が間違いだらけだったとしたらどうでしょう。正確に乱れ始める世界には何とも言えないおかしみがあります。

〈マーブルの水ヨーヨーが地を叩く　世界が消えるときは一瞬　8〉
同じ奇想でも、水ヨーヨーに水爆のイメージが重なるこの一首は戦慄です。マーブル柄と一字空きが動かしがたく決まっています。

〈道ばたで死を待ちながら本物の風に初めて会う扇風機　4〉
こういう死のかたちもあります。この風は扇風機に与えられたかそけき恩寵のようなものでしょうか。

〈友達の遺品のメガネに付いていた指紋を癖で拭いてしまった　4〉
それで何か変事が起きればいいかもしれませんが、おそらくはそれっきりでしょう。

第9章　日常に潜むもの

怖ろしさの芽は、何の変哲もない日常のなかにさりげなく芽生えています。
日常を覆っている薄い膜を剝がせば、
その裏から思いもかけない怖ろしい光景が現れるのです。
最後を飾るこの章では、ひと皮剝けば恐怖が現れる日常の光景を集めてみました。

やさしくて怖い人ってあるでしょうたとえば無人改札機みたいな
杉﨑恒夫《すぎざきつねお》
（一九一九〜二〇〇九）

そう言われてみれば、駅の無人改札機は「やさしくて怖い人」のように思われてきます。何事もなければやさしく通してくれますが、ときどき厳しい表情に変わって乗客を拒絶してくるのですから。次に改札を通るとき、見慣れた駅の風景がわずかに違って見えるかもしれません。

〈こわれやすい鳩サブレーには微量なる添加物として鳩のたましい　9〉

これまた次に鳩サブレーを食べるときにたたずまいが違って見えそうな歌です。この世界に「微量なる添加物」を加えるのが、おそらく詩人の仕事でしょう。遅くから短歌の有力同人誌に参加し、とても老齢とは思えない清新な作品を晩年まで詠んだ作者は、そういった絶妙な匙加減の名手でした。

〈ひとつだけクロスワードを空けておくわれのいちばん嫌いなことば　6〉

負の感情を詠みこむときも、作者の手つきは優雅です。ひとつだけ空けていたクロスワードには、いったいどんな言葉が入るのでしょう。ひらがなということはないでしょうから一文字の単語でしょうが、作者が最も嫌っていたのは何でしょう。考えを巡らせると妙に気になってきます。

〈丸めたるタオルが怪物に見えてくる怖くなったら風呂を出なさい　8〉

風呂を出てそのタオルで体を拭いて放置しておけば、ひそかに怪物に変容してしまいそうです。恐怖の芽は、あらゆるところに潜んでいます。日ごろからなじんでいるありふれた場所でも楽観はできません。

〈ぼくの去る日ものどかなれ　白線の内側へさがっておまちください　4〉

白線の内側と外側とで、死のありようは劇的に変わってきます。

〈つつかれてヨーグルトに沈む苺　やさしき死などあるはずもなく　4〉

これも穏やかな「死の影」の歌です。ヨーグルトに沈む苺に、作者は遠からずこの世を去っていくわが身を重ね合わせています。

〈こんなにも明るい秋の飛行船ひとつぶの死が遠ざかりゆく　4〉

今度はヨーグルトに沈む苺が青空へ消えていく飛行船に変わります。死の影は差しているものの、世界は澄明な明るさに彩られています。

運転手の帽子の下に顔あれば何を怖るる夜の国道

吉岡生夫《よしおかいくお》
（一九五一〜）

歌集のタイトルにすべて「草食獣」がつく風変わりな歌人です。おそらくタクシーでしょう、夜の国道を進んでいます。帽子をかぶった運転手にはもちろん顔がありますから、何も怖れることはないはずです。さりながら、ミラーに映る運転手の顔をよくよく見たら、かすかな笑みが浮かんでいるかもしれません。

〈犯罪を匂はすごとしトランクにゴルフ・バッグをつみこむが見ゆ　9〉

日常の光景ですが、まぼろしの血の臭いを媒介として不吉な犯罪が立ち現れてきます。

〈へへへへへへへへへへへとくらがりに嗤ふ声する公園の怪　9〉

この声は何だったのか、謎はついに解けないまま終わります。あとに残るのは不気味な「へ」の連なりばかりです。

〈それはこんな顔だつたかいとふりむきし女のやうな茹卵むく　9〉

これからは茹卵を食べるたびにそこはかとなくうしろが気になるかもしれません。

秋霊はひそと来てをり晨《あした》ひらく冷蔵庫の白き卵のかげに

小島《こじま》ゆかり
（一九五六〜）

なんともひめやかな怪異の訪れです。次から冷蔵庫を開くたびに、卵のかげが気になってしまうかもしれません。朝ではなく晨という漢字のたたずまいが効果的です。

〈電球を呑みてその身の照り出でし女鬼《おんなおに》おもふ枇杷を食むたび　8〉

卵の次は枇杷《びわ》です。なかなかの奇想ですが、〈いま食べた枇杷が夜空に浮かびゐて体内宇宙のやうなひそけさ　8〉も意外性のある展開です。

〈死は遠くあるいは近く背後よりがらがらとけふの夕焼けが来る　4〉

「遠く」で安心してはいけません。がらがらという耳障りな音は気がつけばもう背後に迫っています。

〈段ボール箱、解体されていちまいの平らとなりぬ過労死のごとく　1〉

読点が効いている一首。解体された段ボール箱を見るたびに過労死を思い浮かべてしまいそうです。

冷蔵庫ひらきてみれば鶏卵は墓のしずけさもちて並べり

大滝和子《おおたきかずこ》
（一九五八〜）

奇しくも卵の歌が並びました。

これまた冷蔵庫のドアを開けて中を見る目がそこはかとなく変わりそうな歌です。「ひらきてみれば」と「しずけさもちて」のひらがなの美しいたたずまいに白い卵の影がうっすらと重なります。

〈このドアを通りて来たる恐怖心このドアを通り出るほかはなし　9〉

こちらは人が通るドアです。閉所恐怖のありようはさまざまですが、これは異色作。行きは何事もなかったドアが、帰りに突然牙を剝かないという保証はありません。

〈若夫婦棲むこの家にみずいろの死蝶は高く飾られている　4〉

一点の曇りもない明るい光景にも、死の影はかすかに差しています。誇らしげに高く飾られたみずいろの蝶。「公認された惨劇」とでも称すべきものの証を見つめる歌人のまなざしはたしかです。

「立ち読みをしてはいけない」『死者の書』に眼《まなこ》を残し夕べの街へ

大津《おおつ》仁昭《ひとあき》
（一九五八～）

『死者の書』にもいろいろありますが、常識的に考えれば折口信夫の作品でしょう。あの本を立ち読みをしたらいけないという都市伝説めいたものは初めて聞きましたが、たしかに何か起こりそうです。「した、した、した……」という足音がうしろからついてきたりしたら卒倒するほど怖いでしょう。

〈人気なき建築現場　夜空より脚が一本垂れ下がりをり　3〉

これはクレーンを脚に見立てたのでしょうか。奇想に富む作者ですから、あるいはまったく別のヴィジョンかもしれません。

〈寒空は底まで青し異星人招待選手が来るスタジアム　8〉

こちらの建物は完成しています。奇抜なデザインに惹かれたのかどうか、意外な招待選手が現れました。

〈サーキットレースの最後見つめゐる色とりどりの死者の横顔　3〉

幽霊が現れる場所としては異色ですが、歓声がわきさまざまな顔がゆがむレースの佳境にさりげなくまぎれこんでいても見分けがつかないかもしれません。

〈丘の上《へ》に池は広がりある晴れた空よりボートに降りる死者達　3〉

光あふれる牧歌的な光景でも安閑としてはいられません。死者たちはボートの上に平然と下りてくるのです。

〈月光が湾の一隅のみ照らすわが知らぬわが怖き人格　5〉

一転して夜の風景。心の闇の重ね合わせ方が実に巧みです。湾の闇にはまだ見たこともない怖ろしい人格が潜んでいるのです。

〈赤い血は神社の奥に運ばれつ門外不出の幼児ゐるらし　8〉

恐怖度ではこの歌がいちばんかもしれません。血の供物をひそかに与えられる門外不出の幼児はいったいどんな貌をしているのでしょう。そもそも、血はどこから調達されてくるのでしょうか。

〈セパレート水着の娘ら上がり来ぬみな下半身渚に忘れ　8〉

「恐怖と笑いは紙一重」の歌ですが、胴体だけでずりずりと上がってきたさまを想像すると、笑ったあとにまた怖くなります。

こんな人ゐたつけと思ふクラス写真その人にしんと見られつつ閉づ

川野《かわの》里子《さとこ》
（一九五九〜）

　むかしのクラス写真は、見方によっては怖ろしいものです。過去にそういう時間があり、同じ世界で生きた人々がいることが、動かしがたい証として写っているのですから。何か見たくない証拠を突きつけられたような感じがするものです。
　そのクラス写真に、どうしても思い出せない級友が写っていました。「こんな人いたっけ」と見つめているうち、その人に見つめ返されたような気がしてアルバムを閉じてしまいました。もう一度開いたら、その級友はうっすらと笑みを浮かべているかもしれません。

〈風呂洗ふ口笛の木霊あるときは死者たちも呼ばれ水浴びに来る　3〉

　口笛は時としてあらぬものを呼び寄せてしまいます。うかつに吹かないほうがいいかもしれません。

〈ざらざらとざらざらざらと雨は降りてをりからだの内部に外部にやがて暗部に　5〉

　体の輪郭すら溶かしてしまう雨のざらざらした音が長く耳に残ります。

死にかけの鰺と目があう鰺はいまおぼえただろうわたしの顔を

東直子《ひがしなおこ》（一九六三～）

『怪談短歌入門』の共著者でもある人気歌人の表題作は、ストレートな直球の怖さ。鰺の目の残像がいつまでも残りそうです。

〈お祈りは済ませましたかその後ももとの形に戻れるように　8〉

独特の軌跡を描くこういった変化球のほうが本来の持ち味です。もとの形に戻れるように祈らなければならないのは人でしょうか。それともほかの何かでしょうか。

〈少年の歌声だろう《カンガルーは笑ったまま死んでいたんだ》　8〉

これも歌の前半の展開が謎です。意図的に白いところを塗り残して読者の想像を誘う怪談文芸の基本に忠実と言えるでしょう。

〈つぶしたらきゅっとないたあたりから世界は縦に流れはじめる　8〉

ないたのは生き物なのでしょうか、それとも見立てでしょうか。なぜ世界は縦に流れはじめるのでしょう。これまた解けない謎が残ります。

その中がそこはかとなくこわかったマッチの気配なきマッチ箱

佐藤弓生《さとうゆみお》
（一九六四〜）

こちらも『怪談短歌入門』の共著者です。からっぽのマッチ箱を開けたら、思いがけないものが現れてしまいそうです。そもそもマッチ箱にはどんな意匠が施されていたのでしょう。不気味な絵でも描かれていたのでしょうか。

〈、と思えばみんなあやしい……このなかの誰かが死者である読書会　8〉

死者が一人だけまじっている読書会の緊迫感は格別でしょう。すべての思考を一つの読点で省略してしまう技巧が冴えています。

〈感触は足が忘れるだろうけどごめんなさいごめんなさいみみず　5〉

何とも言えない感触が読者の足の裏にも伝わってきそうです。

〈されこうべひとつをのこし月面の静かの海にしずかなる椅子　1〉

歌人の優れた才質が伝わる、怖ろしくも美しいたたずまいの一首。絵画化を期待したい作品です。

ひのくれは死者の挟みし栞紐いくすじも垂れ古書店しずか
吉川宏志《よしかわひろし》
（一九六九〜）

蔵書にはその本の持ち主の思いがこめられています。死者が挟んだ栞紐がいくすじも垂れ下がっている光景は、そういう目で見ると不気味なものです。ある栞は、風もないのにかすかに動いたりするかもしれません。

〈自殺者の三万人を言いしときそのかぎりなき未遂は見えず　4〉

年間の自殺者の数をテーマにした歌は散見されますが、その裾野にも目をやった直球の一首。〈一年に一度くらいは死者を出すこんにゃくゼリー淡く光りぬ　4〉など、ほかにも死をテーマに怒りもこめた作例があります。

〈死を言わず電車の遅れを詫びている卑屈な声にわれは毛羽立つ　4〉

これは死が隠蔽される場面。伝えられるのは電車の遅れを詫びる言葉ばかりです。

〈死んでろ、と言われしごとく黒き蟬落ちておりマンションの廊下に　1〉

最後は蟬の死。命じたのは慈悲深い神ではないでしょう。

牛乳パックの口を開けたもう死んでもいいというくらい完璧に
中澤系《なかざわけい》
（一九七〇～二〇〇九）

衝撃の一首です。

牛乳パックをゴミに出すとき、中を洗ってべりべりと口を開きます。日常行われている何気ない行為ですが、そこに不意に死が重ね合わされるのが衝撃です。なるほど、死の瞬間には頭の中でこういう音が響くのかもしれません。

もう一つ、たしかな容積を有していた牛乳パックが、平べったい紙に還元されてしまうところにも死の影が差します。音と形態の変容。その二つを凝縮し、一気に言い切った速さと才能には瞠目させられます。

〈3番線快速列車が通過します理解できない人は下がって　9〉

これも速さが衝撃の一首。

途中までは駅で実際に告げられそうなアナウンスです。しかし、普通の世界では、このアナウンスを理解できる人が正しく安全なところまで下がるはずです。

本首の世界では、理解できない人が下がるようにという不可解な転倒が起きています。なぜでしょう。

3番線を通過する快速列車がただの列車ではないと考えれば、謎を解く糸口になりそうです。この世界に対して強い違和感を感じている作者の感性それ自体が快速列車を突き動かしているとすればどうでしょう。「理解できない人は下がって」という魂の叫びが伝わってくるはずです。

〈メリーゴーランドを止めるスイッチはどこですかそれともありませんか　7〉

これまたメリーゴーランドに象徴されるこの世界に対する違和感が強く感じられる歌です。メリーゴーランドを止めるスイッチを探すところまでは日常の範疇《はんちゅう》です。しかし、最後に提示される止めるスイッチがない世界は、もう取り返しのつかないほど変容してしまっています。二度と止まらないメリーゴーランド。そこに暴走する世界の総体が重ね合わされます。

〈駅前でティッシュを配る人にまた御辞儀をしたよそのシステムに　9〉

中澤系を読み解くための重要なキーワードがシステムです。この世界を世界たらしめているシステム、その表層に現れるものに着目し、短歌の形式をもってその淵源に迫ろうとした優れた先鋭的な試みが中澤系の歌業でしょう。

〈いや死だよぼくたちの手に渡されたものはたしかに癒しではなく 4〉

駅前のティッシュのように、死は軽く手渡されます。音は同じでも「いや死」であって「癒し」ではありません。

〈糖衣がけだった飲み込むべきだった口に含んでいたばっかりに 8〉

口に含んでいたいかにも苦そうなものは、ことによるとこの世界の総体だったのかもしれません。

しかし、中澤系の独創的な歌業は残念ながら未完で終わってしまいます。

〈ぼくたちはこわれてしまったぼくたちはこわれてしまったぼくたちはこわ 5〉

歌集『uta0001.txt』の最後に据えられたこれまた衝撃の一首は、ぷつっとそのまま途切れてしまいます。副腎白質ジストロフィー（ALD）という難病に罹《かか》った歌人は、のちに作歌もままならなくなり、三十八歳の若さで夭折するのです。

私事にわたりますが、歌人と地縁があった筆者はたまたま図書館で歌集の旧版に接しました。中澤系がいなかったら、久しく離れていた短歌に復帰し、このような本を編むこともなかったでしょう。この衝撃の表題作をここに採ることができたのは大きな喜びです。

語り終ふる死のひとつあり練乳は苺をしづめ白く冷えたり

高木《たかぎ》佳子《よしこ》（一九七二〜）

伝え終えた人の死は軽いものではなかったかもしれません。その話の重さが練乳に沈められた苺に重ね合わせられます。

沈める苺にはまた、この世を去った人の影も重なります。人の死が淡々と語り終えられたこの世界は、白く冷えた練乳の表面のように穏やかです。重層的で深い味わいのある作品です。

〈見た筈である、漆黒の鴉は海の方より戻り来たれば　1〉

重層的といえば、東日本大震災に材を採ったこの歌。

読点に漆黒の鴉が重なり、少し遅れて、鴉が見たであろう津波の恐怖が読者にもリアルに伝達されてきます。

大震災を詠んだ短詩型文学は膨大にあるでしょうが、俳句では〈双子なら同じ死顔桃の花　照井《てるい》翠《みどり》〉、短歌ではこの戦慄の一首を選びたいと思います。

置き忘れられたコーラが地下道に底無し沼のやうに聳《そび》える
山田航《やまだわたる》（一九八三〜）

地下道に置き忘れられたコーラは、世界の異物としてのたたずまいを見せます。日常にありふれたものでも、置かれる場所によっては不気味な光がまとわりつきます。このコーラには都市それ自体の持つ悪意も溶けこんでいそうです。

〈地下駅に轟いたのちすぐ消えた叫びがずつと気になつてゐた　9〉

こちらは駅の叫び声。結局何だったのか、真相が語られることはありません。

〈この駐車場で踊らう坊さんが墓地を潰して拡げた場所で　1〉

ありふれたものを変容させるまなざしの力もあります。墓地を潰して拡げられた駐車場で踊っているうちに、少しずつ怪しい影が加わってくるかもしれません。

〈鉄道で自殺するにも改札を通る切符の代金は要る　4〉

名アンソロジストでもある作者の鋭い批評眼が表れた一首。その片道の切符の運命はどうなってしまったのでしょうか。

髪の毛が遺伝子情報載せたまま湯船の穴に吸われて消える

谷川電話《たにかわでんわ》（一九八六〜）

たしかに一本の髪の毛には人間の遺伝子情報が載せられています。湯船の穴に吸われて消えてしまったのですから何の問題もないはずですが、説明のつかない妙な据わりの悪さを感じる作品です。ことによると、遺伝子情報は届いてはいけないところへ届いてしまって、ある日不意に思わぬカタストロフが訪れるかもしれません。若手歌人ならではの異色作です。

〈傘立てに傘と並んで立っていた金属バットなくなっている　9〉

これも日常のありふれた出来事かもしれませんが、読者の多くは金属バットによる惨劇を思い浮かべるでしょう。

〈新しく近所にできた空き地にはよくわからない鳥がよくいる　1〉

連想するのはヒチコックの「鳥」でしょうか。投げやりとも感じられる「よく」の反復が効果的です。

あとがき

『怖い俳句』『元気が出る俳句』『猫俳句パラダイス』に続く本新書四冊目のアンソロジーがようやく完成しました。

『怖い俳句』も難事業でしたが、『怖い短歌』はそれに輪をかけて大変でした。古来、膨大な数が詠まれてきた短歌のなかから怖い作品を選び、テーマ別に編集するという作業に気が遠くなりかけたことも一再ならずありました。一時はあきらめようかとも思いましたが、少しずつ集まってくる「怖い短歌」に励まされるかたちで、広い海へ向かっていくたびも網を打ち、図書館に通って収獲を積み重ねながら、やっと完成に至りました。感慨もひとしおです。

参考文献に示した先行する業績の恩恵も得ながら、できうるかぎりの「怖い短歌」を集成したつもりですが、一漁師の獲れる魚には限度があります。おそらくは、数々の大魚を逸していることでしょう。力及ばず、本書に採れなかった多くの「怖い短歌」、並びにその作者にまずはおわび申し上げます。

これはアンソロジーの宿命ですが、『怖い短歌』というテーマでなぜあの歌が入ってないのか」という不満を抱く方が相当数おられるかと存じます。また、テーマ設定と個々の短歌の分類や鑑賞に首をかしげる方もいるでしょう。おわびばかりですが、私の微力ではこれが精一杯のところです。

渾身の一冊を脱稿したばかりですが、ここまで来たら短詩型文学の最後の砦《とりで》にも挑み、『怖い詩』で三部作を完結させたいものです。いつになるか分かりませんが、もはや私のライフワークの一つです。気長にお待ちいただければ幸いです。

最後に、国立国会図書館をはじめとする図書館施設、ずっと伴走していただいている幻冬舎の志儀保博さん、並びに、これまで編んだアンソロジーを評価してくださったすべての読者の皆様に謝意を表します。

二〇一八年六月　倉阪鬼一郎

表題作引用文献一覧

第1章　怖ろしい風景

久保田淳・吉野朋美校注『西行全歌集』（岩波文庫）／浅野三平『増訂　秋成全歌集とその研究』（おうふう）／『与謝野晶子歌集』（岩波文庫）／『斎藤茂吉歌集』（岩波文庫）／高野公彦編『北原白秋歌集』（岩波文庫）／『定本　竹山広全歌集』（ながらみ書房）／『山中智恵子全歌集上下』（砂子屋書房）／『島田修二歌集』（短歌研究社・短歌研究文庫）／小川太郎『路地裏の怪人』（月光の会）／『池田はるみ歌集』（砂子屋書房・現代短歌文庫）／『三井修歌集』（砂子屋書房・現代短歌文庫）／『栗木京子作品集』（柊書房）／大松達知『ゆりかごのうた』（六花書林）／尼崎武『新しい猫背の星』（書肆侃侃房）／白井健康『オワーズから始まった。』（書肆侃侃房）

第2章　猟奇歌とその系譜

『啄木歌集』（岩波文庫）／『夢野久作全集3』（ちくま文庫）／『春日井建全歌集』（砂子屋書房）／『辺見じゅん歌集』（砂子屋書房・現代短歌文庫）／黒木三千代『貴妃の脂』（砂子屋書房）／間武『猟奇唄（上）』（コシーナ文庫）

第3章　向こうから来るもの

秋谷美保子編『片山廣子全歌集』（現代短歌社）／『葛原妙子全歌集』（短歌新聞社）／『齋藤史全歌集 1928–1993』（大和書房）／『富小路禎子全歌集』（角川書店）／『前登志夫全歌集』（短歌研究社）／『稲葉京子歌集』（砂子屋書房・現代短歌文庫）／『寺山修司全歌集』（講談社学術文庫）／『福島泰樹全歌集』（河出書房新社）／『松平修文歌集』（砂子屋書房・現代短歌文庫）／『河野裕子歌集』（砂子屋書房・現代短歌文庫）／『永田和宏作品集Ⅰ』（青磁社）／真

木勉『人類博物館』（港短歌会）／『小黒世茂歌集』（砂子屋書房・現代短歌文庫）／有賀眞澄『楼蘭の砂』（鳥影社）／武藤雅治『あなまりあ』（桃谷舎）／『井辻朱美歌集』（沖積舎）／フラワーしげる『ビットとデシベル』（書肆侃侃房）／坂原八津『葉』（北冬舎）／谷岡亜紀『風のファド』（短歌研究社）／山田消児『見えぬ声、聞こえぬ言葉』（作品社）／『大辻隆弘歌集』（砂子屋書房・現代短歌文庫）／林和清『去年マリエンバートで』（書肆侃侃房）／真中朋久『火光』（短歌研究社）／小笠原魔土『真夜中の鏡像』（北冬舎）／ツイッター「我妻俊樹（短歌）」https://twitter.com/agtm_bot／染野太朗『人魚』（角川文化振興財団）／石川美南『離れ島』（本阿弥書店）／吉岡太朗『ひだりききの機械』（短歌研究社）

第4章　死の影

久保田淳校訂・訳『藤原定家全歌集上下』（ちくま学芸文庫）／斎藤茂吉校訂『金槐和歌集』（岩波文庫）／『浜田到歌集』（国文社・現代歌人文庫）／浜田蝶二郎『見えぬ輪郭』（短歌新聞社）／『岡井隆全歌集Ⅰ』（思潮社）／『高瀬一誌全歌集』（六花書林）／『筒井富栄全歌集』（六花書林）／『小野茂樹歌集』（国文社・現代歌人文庫）／『小中英之全歌集』（砂子屋書房）／『佐佐木幸綱作品集』（本阿弥書店）／高野公彦『河骨川』（砂子屋書房）／『続久々湊盈子歌集』（砂子屋書房・現代短歌文庫）／笹原玉子『南風紀行』（書肆季節社）／山田富士郎『商品とゆめ』（砂子屋書房）／『続坂井修一歌集』（砂子屋書房・現代短歌文庫）／『続米川千嘉子歌集』（砂子屋書房・現代短歌文庫）／西田政史『スウィート・ホーム』（書肆侃侃房）／松村正直『午前3時を過ぎて』（六花書林）／望月裕二郎『ひらく』（私家版）／伊舎堂仁『トントングラム』（書肆侃侃房）／吉田隼人『忘却のための試論』（書肆侃侃房）

第5章　内なる反逆者

『若山牧水歌集』（岩波文庫）／『釈迢空歌集』（岩波文庫）／『岡本かの子全集〈9〉』（ちくま文庫）／『前川佐美雄全集』（小澤書店）／『中城ふみ子歌集』（国文社・現代歌人文庫）／『馬場あき子歌集』（国文社・現代歌人文庫）／『続伊藤一彦歌集』（砂子屋書房・現代短歌文庫）／『新選小池光歌集』（砂子屋書房・

現代短歌文庫）／『永井陽子全歌集』（桐葉書房）／渡辺松男『泡宇宙の蛙』（雁書館）／早坂類『風の吹く日にベランダにいる』（河出書房新社）／穂村弘『シンジケート』（沖積舎）／林あまり『最後から二番目のキッス』（河出書房新社）／永井祐『日本の中でたのしく暮らす』（BookPark）

第6章　負の情念

土屋文明編『子規歌集』（岩波文庫）／『現代短歌全集　第十巻』（筑摩書房）／原田禹雄『珂雪』（南島社）／『平井弘歌集』（国文社・現代歌人文庫）／『浜田康敬歌集』（国文社・現代歌人文庫）／『藤井常世歌集』（砂子屋書房・現代短歌文庫）／『仙波龍英歌集』（六花書林）／田中槐『退屈な器』（鳥影社）／『セレクション歌人　森本平集』（邑書林）／辰巳泰子『セイレーン』（邑書林）／枡野浩一『ますの。』（実業之日本社）／斉藤斎藤『渡辺のわたし』（BookPark、新装版・港の人）／野口あや子『夏にふれる』（短歌研究社）

第7章　変容する世界

『塚本邦雄全集1』（ゆまに書房）／松宮静雄『SF短歌　ウルの墓』（短歌新聞社）／多田智満子『水烟』（コーベブックス）／高橋睦郎『待たな終末』（短歌研究社）／佐藤通雅『強霜』（砂子屋書房）／香川ヒサ『ファブリカ』（本阿弥書店）／石井辰彦『全人類が老いた夜』（書肆山田）／松平盟子『愛の方舟』（角川書店）／『加藤治郎歌集』（砂子屋書房・現代短歌文庫）／水原紫苑『びあんか　決定版』（深夜叢書社）／黒瀬珂瀾『黒耀宮』（ながらみ書房）／笹井宏之『ひとさらい』（BookPark、新装版・書肆侃侃房）／木下龍也『きみを嫌いな奴はクズだよ』（書肆侃侃房）

第8章　奇想の恐怖

松本良三『飛行毛氈』（栗田書店）／石川信雄『シネマ〈復刻版〉』（ながらみ書房）／『中島敦全集第二巻』（筑摩書房）／『加藤克巳短歌集成』（沖積舎）／『現

代短歌大系11　新人賞作品・夭折歌人集・現代新鋭集』（三一書房）／『続藤原龍一郎歌集』（砂子屋書房・現代短歌文庫）／『高柳蕗子全歌集』（沖積舎）／『セレクション歌人　江畑實集』（邑書林）／大塚寅彦『夢何有郷』（角川書店）／荻原裕幸『デジタル・ビスケット』（沖積舎）／大久保春乃『いちばん大きな甕をください』（北冬舎）／笹公人『念力家族』（朝日文庫）／岡野大嗣『サイレンと犀』（書肆侃侃房）

第9章　日常に潜むもの

杉﨑恒夫『パン屋のパンセ』（六花書林）／『セレクション歌人　吉岡生夫集』（邑書林）／『小島ゆかり歌集』（砂子屋書房・現代短歌文庫）／大滝和子『銀河を産んだように』（砂子屋書房）／『セレクション歌人　大津仁昭集』（邑書林）／川野里子『王者の道』（角川書店）／『セレクション歌人　東直子集』（邑書林）／佐藤弓生『薄い街』（沖積舎）／『セレクション歌人　吉川宏志集』（邑書林）／中澤系『uta0001.txt』新刻版（双風舎、皓星社）／高木佳子『青雨記』（いりの舎）／山田航『さよならバグ・チルドレン』（ふらんす堂）／谷川電話『恋人不死身説』（書肆侃侃房）

表題作以外の引用文献一覧

第1章 怖ろしい風景

久保田淳・吉野朋美校注『西行全歌集』（岩波文庫）／浅野三平『増訂 秋成全歌集とその研究』（おうふう）／『与謝野晶子歌集』（岩波文庫）／高野公彦編『北原白秋歌集』（岩波文庫）／『定本 竹山広全歌集』（ながらみ書房）／『山中智恵子全歌集上下』（砂子屋書房）／『現代短歌全集 第十五巻』（筑摩書房）／『島田修二歌集』（短歌研究社・短歌研究文庫）／小川太郎『路地裏の怪人』（月光の会）／『池田はるみ歌集』（砂子屋書房・現代短歌文庫）／『三井修歌集』（砂子屋書房・現代短歌文庫）／『続三井修歌集』（砂子屋書房・現代短歌文庫）／『栗木京子作品集』（柊書房）／栗木京子『けむり水晶』（角川書店）／大松達知『スクールナイト』（柊書房）／大松達知『アスタリスク』（六花書林）／尼崎武『新しい猫背の星』（書肆侃侃房）／白井健康『オワーズから始まった。』（書肆侃侃房）

第2章 猟奇歌とその系譜

『夢野久作全集3』（ちくま文庫）／『啄木歌集』（岩波文庫）／『春日井建全歌集』（砂子屋書房）／『辺見じゅん歌集』（砂子屋書房・現代短歌文庫）／辺見じゅん『天涯の紺』（角川書店）／黒木三千代『貴妃の脂』（砂子屋書房）／黒木三千代『クウェート』（本阿弥書店）／間武『猟奇唄（上）』（コシーナ文庫）／間武『日常を袋詰めにして、海に捨てた罪』（コシーナ文庫）

第3章 向こうから来るもの

秋谷美保子編『片山廣子全歌集』（現代短歌社）／『葛原妙子全歌集』（短歌新聞社）／『齋藤史全歌集 1928-1993』（大和書房）／『富小路禎子全歌集』

（角川書店）／『前登志夫全歌集』（短歌研究社）／『稲葉京子歌集』（砂子屋書房・現代短歌文庫）／稲葉京子『天の椿』（雁書館）／稲葉京子『紅梅坂』（砂子屋書房）／『寺山修司全歌集』（講談社学術文庫）／『福島泰樹全歌集』（河出書房新社）／福島泰樹『焼跡ノ歌』（砂子屋書房）／『松平修文歌集』（砂子屋書房・現代短歌文庫）／松平修文『トゥオネラ』（ながらみ書房）／『河野裕子歌集』（砂子屋書房・現代短歌文庫）／『続河野裕子歌集』（砂子屋書房・現代短歌文庫）／『永田和宏作品集I』（青磁社）／真木勉『人類博物館』（港短歌会）／『小黒世茂歌集』（砂子屋書房・現代短歌文庫）／小黒世茂『やっとこどっこ』（ながらみ書房）／有賀眞澄『楼蘭の砂』（鳥影社）／武藤雅治『あなまりあ』（桃谷舎）／武藤雅治『鵺』（六花書林）／『井辻朱美歌集』（沖積舎）／フラワーしげる『ビットとデシベル』（書肆侃侃房）／坂原八津『葉』（北冬舎）／『セレクション歌人　谷岡亜紀集』（邑書林）／山田消児『見えぬ声、聞こえぬ言葉』（作品社）／山田消児『アンドロイドK』（深夜叢書社）／大辻隆弘『景徳鎮』（砂子屋書房）／大辻隆弘『デプス』（砂子屋書房）／大辻隆弘『兄国』（短歌新聞社）／林和清『去年マリエンバートで』（書肆侃侃房）／『セレクション歌人　林和清集』（邑書林）／真中朋久『火光』（短歌研究社）／真中朋久『重力』（青磁社）／小笠原魔土『真夜中の鏡像』（北冬舎）／ツイッター「我妻俊樹（短歌）」https://twitter.com/agtm_bot／染野太朗『人魚』（角川文化振興財団）／石川美南『離れ島』（本阿弥書店）／石川美南『裏島』（本阿弥書店）／石川美南『砂の降る教室』（風媒社）／吉岡太朗『ひだりききの機械』（短歌研究社）

第4章　死の影

久保田淳校訂・訳『藤原定家全歌集上下』（ちくま学芸文庫）／斎藤茂吉校訂『金槐和歌集』（岩波文庫）／『浜田到歌集』（国文社・現代歌人文庫）／浜田蝶二郎『見えぬ輪郭』（短歌新聞社）／浜田蝶二郎『眠りの天球』（短歌新聞社）／浜田蝶二郎『遭遇尽きず』（短歌新聞社）／浜田蝶二郎『この世的なる』（角川書店）／浜田蝶二郎『生存感情群』（本阿弥書店）／浜田蝶二郎『からだまだ在る』（本阿弥書店）／浜田蝶二郎『わたし居なくなれ』（角川書店）／『岡井隆全歌集I』（思潮社）／『岡井隆全歌集Ⅳ』（思潮社）／『高瀬一誌全歌集』（六花書林）／『筒井富栄全歌集』（六花書林）／『小野茂樹歌集』（国文社・現代歌人

文庫）／『小中英之全歌集』（砂子屋書房）／『佐佐木幸綱作品集』（本阿弥書店）／『佐佐木幸綱歌集』（砂子屋書房・現代短歌文庫）／『高野公彦歌集』（短歌研究社・短歌研究文庫）／高野公彦『甘雨』（柊書房）／『続久々湊盈子歌集』（砂子屋書房・現代短歌文庫）／久々湊盈子『世界黄昏』（砂子屋書房）／笹原玉子『南風紀行』（書肆季節社）／山田富士郎『商品とゆめ』（砂子屋書房）／『山田富士郎歌集』（砂子屋書房・現代短歌文庫）／『続坂井修一歌集』（砂子屋書房・現代短歌文庫）／坂井修一『青眼白眼』（砂子屋書房）／『米川千嘉子歌集』（砂子屋書房・現代短歌文庫）／『続米川千嘉子歌集』（砂子屋書房・現代短歌文庫）／西田政史『スウィート・ホーム』（書肆侃侃房）／松村正直『午前3時を過ぎて』（六花書林）／松村正直『駅へ』（ながらみ書房）／望月裕二郎『ひらく』（私家版）／望月裕二郎『あそこ』（書肆侃侃房）／伊舎堂仁『トントングラム』（書肆侃侃房）／吉田隼人『忘却のための試論』（書肆侃侃房）

第5章　内なる反逆者

『若山牧水歌集』（岩波文庫）／『岡本かの子全集〈9〉』（ちくま文庫）／『前川佐美雄全集』（小澤書店）／『中城ふみ子歌集』（国文社・現代歌人文庫）／『馬場あき子歌集』（国文社・現代歌人文庫）／『続馬場あき子歌集』（短歌研究社・短歌研究文庫）／『馬場あき子歌集』（短歌研究社・短歌研究文庫）／『伊藤一彦歌集』（砂子屋書房・現代短歌文庫）／『続伊藤一彦歌集』（砂子屋書房・現代短歌文庫）／『新選小池光歌集』（砂子屋書房・現代短歌文庫）／『続々小池光歌集』（砂子屋書房・現代短歌文庫）／『永井陽子全歌集』（桐葉書房）／渡辺松男『寒気氾濫』（本阿弥書店）／渡辺松男『泡宇宙の蛙』（雁書館）／渡辺松男『けやき少年』（砂子屋書房）／渡辺松男『歩く仏像』（雁書館）／渡辺松男『雨る』（書肆侃侃房）／渡辺松男『自転車の籠の豚』（ながらみ書房）／渡辺松男『蝶』（ながらみ書房）／渡辺松男『空き部屋』（ながらみ書房）／渡辺松男『きなげつの魚』（角川学芸出版）／早坂類『風の吹く日にベランダにいる』（河出書房新社）／早坂類『黄金の虎』（まとりっくす）／穂村弘『シンジケート』（沖積舎）／穂村弘『手紙魔まみ、夏の引越し（ウサギ連れ）』（小学館）／林あまり『最後から二番目のキッス』（河出書房新社）／永井祐『日本の中でたのしく暮らす』（BookPark）

第6章　負の情念

土屋文明編『子規歌集』（岩波文庫）／『現代短歌全集　第十巻』（筑摩書房）／近藤芳美『岐路以後』（砂子屋書房）／原田禹雄『沈床花壇』（南島社）／『平井弘歌集』（国文社・現代歌人文庫）／『浜田康敬歌集』（国文社・現代歌人文庫）／浜田康敬『望郷篇以後』（雁書館）／浜田康敬『旅人われは』（雁書館）／浜田康敬『百年後』（角川書店）／『藤井常世歌集』（砂子屋書房・現代短歌文庫）／『仙波龍英歌集』（六花書林）／田中槐『退屈な器』（鳥影社）／田中槐『サンボリ酢ム』（砂子屋書房）／田中槐『ギャザー』（短歌研究社）／『セレクション歌人　森本平集』（邑書林）／森本平『町田コーリング』（六花書林）／辰巳泰子『恐山からの手紙』（ながらみ書房）／『セレクション歌人　辰巳泰子集』（邑書林）／枡野浩一『ますの。』（実業之日本社）／枡野浩一『てのりくじら』（実業之日本社）／斉藤斎藤『渡辺のわたし』（BookPark、新装版・港の人）／斉藤斎藤『人の道、死ぬと町』（短歌研究社）／野口あや子『眠れる海』（書肆侃侃房）／野口あや子『くびすじの欠片』（短歌研究社）

第7章　変容する世界

『塚本邦雄全集1』（ゆまに書房）／松宮静雄『SF短歌　ウルの墓』（短歌新聞社）／松宮静雄『SF短歌集　時空彷徨』（SF短歌会）／多田智満子『水烟』（コーベブックス）／高橋睦郎編集、多田智満子『遊星の人』（邑心文庫）／高橋睦郎『待たな終末』（短歌研究社）／佐藤通雅『強霜』（砂子屋書房）／佐藤通雅『天心』（砂子屋書房）／『佐藤通雅歌集』（砂子屋書房・現代短歌文庫）／香川ヒサ『ヤマト・アライバル』（短歌研究社）／香川ヒサ『パン』（柊書房）／香川ヒサ『マテシス』（本阿弥書店）／石井辰彦『全人類が老いた夜』（書肆山田）／石井辰彦『逃げて來る羔羊』（書肆山田）／石井辰彦『七竈』（深夜叢書社）／松平盟子『愛の方舟』（角川書店）／松平盟子『プラチナ・ブルース』（砂子屋書房）／加藤治郎『噴水塔』（角川学芸出版）／加藤治郎『しんきろう』（砂子屋書房）／加藤治郎『環状線のモンスター』（角川書店）／加藤治郎『ニュー・エクリプス』（砂子屋書房）／水原紫苑『いろせ』（短歌研究社）／水原紫苑『くわんおん（観音）』（河出書房新社）／黒瀬珂瀾『黒耀宮』（ながらみ書房）／笹井宏之『ひとさらい』（BookPark、新装版・書肆侃侃房）／笹井宏之『てんとろり』（書肆侃侃房）／木下龍也『きみを嫌いな奴はクズだよ』（書肆侃侃房）／木下龍也『つむじ風、ここにあります』（書肆侃侃房）

第8章　奇想の恐怖

松本良三『飛行毛氈』（栗田書店）／石川信雄『シネマ〈復刻版〉』（ながらみ書房）／『中島敦全集第二巻』（筑摩書房）／『加藤克巳短歌集成』（沖積舎）／『現代短歌大系11　新人賞作品・夭折歌人集・現代新鋭集』（三一書房）／『セレクション歌人　藤原龍一郎集』（邑書林）／『藤原龍一郎歌集』（砂子屋書房・現代短歌文庫）／『高柳蕗子全歌集』（沖積舎）／『セレクション歌人　江畑實集』（邑書林）／江畑實『瑠璃色世紀』（ながらみ書房）／『セレクション歌人　大塚寅彦集』（邑書林）／荻原裕幸『デジタル・ビスケット』（沖積舎）／大久保春乃『いちばん大きな甕をください』（北冬舎）／大久保春乃『草身』（北冬舎）／笹公人『念力ろまん』（書肆侃侃房）／笹公人『念力姫』（ＫＫベストセラーズ）／笹公人『抒情の奇妙な冒険』（早川書房）／岡野大嗣『サイレンと犀』（書肆侃侃房）

第9章　日常に潜むもの

杉﨑恒夫『パン屋のパンセ』（六花書林）／杉﨑恒夫『食卓の音楽』（六花書林）／『セレクション歌人　吉岡生夫集』（邑書林）／『小島ゆかり歌集』（砂子屋書房・現代短歌文庫）／小島ゆかり『さくら』（砂子屋書房）／大滝和子『竹とヴィーナス』（砂子屋書房）／大滝和子『人類のヴァイオリン』（砂子屋書房）／『セレクション歌人　大津仁昭集』（邑書林）／大津仁昭『爬虫の王子』（角川書店）／大津仁昭『改命』（邑書林）／川野里子『太陽の壺』（砂子屋書房）／『セレクション歌人　東直子集』（邑書林）／佐藤弓生『薄い街』（沖積舎）／佐藤弓生『モーヴ色のあめふる』（書肆侃侃房）／吉川宏志『燕麦』（砂子屋書房）／吉川宏志『海雨』（砂子屋書房）／吉川宏志『鳥の見しもの』（本阿弥書店）／中澤系『uta0001.txt』新刻版（双風舎、皓星社）／高木佳子『青雨記』（いりの舎）／照井翠『龍宮』（角川学芸出版）／山田航『さよならバグ・チルドレン』（ふらんす堂）／山田航『水に沈む羊』（港の人）／谷川電話『恋人不死身説』（書

肆侃侃房）

参考文献一覧

＊引用歌一覧に含まれる全集・叢書・シリーズなどは除く。

篠弘、馬場あき子、佐佐木幸綱監修『現代短歌大事典』（三省堂）
山田航編『桜前線開架宣言』（左右社）
東直子・佐藤弓生・千葉聡編『短歌タイムカプセル』（書肆侃侃房）
小高賢編『現代の歌人140』（新書館）
高野公彦編『現代の短歌』（講談社学術文庫）
永田和宏『近代秀歌』（岩波新書）
永田和宏『現代秀歌』（岩波新書）
岡井隆、馬場あき子、永田和宏、穂村弘選『新・百人一首　近現代短歌ベスト100』（文春新書）
加古陽治『一首のものがたり　短歌《うた》が生まれるとき』（東京新聞）
「橄欖追放　東郷雄二のウェブサイト」http://petalismos.net/list-kanran
山田航「トナカイ語研究日誌」http://d.hatena.ne.jp/yamawata/
「モダニズム短歌（bellaestate's diary）」http://azzurro.hatenablog.jp/
国立国会図書館サーチ

幻冬舎新書 526

怖い短歌

二〇一八年十一月三十日 第一刷発行

著者 倉阪鬼一郎
発行人 見城 徹
編集人 志儀保博

発行所 株式会社 幻冬舎
〒一五一-〇〇五一 東京都渋谷区千駄ヶ谷四-九-七
電話 〇三-五四一一-六二一一(編集)
〇三-五四一一-六二二二(営業)
振替 〇〇一二〇-八-七六七六四三

ブックデザイン 鈴木成一デザイン室

印刷・製本所 中央精版印刷株式会社

Printed in Japan ISBN978-4-344-98527-8 C0295
く-5-4

幻冬舎ホームページアドレス http://www.gentosha.co.jp/
*この本に関するご意見・ご感想をメールでお寄せいただく場合は、comment@gentosha.co.jp まで。